丸の内で就職したら、幽霊物件担当でした。11

竹村優希

角川文庫
23009

Contents

丸の内で就職したら、幽霊物件担当でした。

吉《よし》原《はら》不動産

東京・丸の内に本社がある、財閥系不動産会社。
オフィスビル、商業施設の建設・運用から
一般向け賃貸まで、扱うジャンルは多岐にわたる。

マメ

幽霊犬。飼い主を慕い成仏出来ずにいたが、澪に救われ、懐く。

溝《みぞ》口《ぐち》 晃《こう》

超優秀なSE。本社と第六リサーチの仕事を兼務している。
霊感ゼロの心霊マニア。

高《たか》木《ぎ》正《まさ》文《ふみ》

本社の第一物件管理部主任。
次郎の幼なじみ。
容姿端麗、紳士的なエリートで霊感が強いが、幽霊は苦手。

伊《い》原《はら》 充《みつる》

第六リサーチに案件を持ち込んでくる軽いノリの謎多きエージェント。

リアム・ウェズリー

英国の世界的ホテルチェーンの御曹司。
完璧な美貌のスーパーセレブだが少々変わり者。
第六リサーチにときどき出入りしている。

イラスト/カズアキ

仁明《にんみょう》が生きているかもしれない。

すべての始まりは、そんな恐ろしい予想からだった。

仁明とは、高い能力を持つ霊能力者。ただし、その力は正しく使われず、かつては吉《よし》原《はら》不動産の崩壊を目論《もくろ》み、元社長である吉原慶子《けいこ》を利用して、吉原グループの跡取りだった一哉《かずや》を殺した。

その後、一連の事件が明るみに出て慶子は逮捕されたものの、仁明は見付からず終《じま》い。警察による大掛かりな捜索をもってしても足取りひとつ見付けられず、結局、第六《だいろく》の面々の間では、仁明は自分がかけた呪い返しに遭い、どこかで行き倒れているのだろうという結論を出すに至った。

あれから三年弱。

吉原不動産の一部署だった第六は、株式会社第六リサーチとなり、一哉を捜すことに人生すべてを懸けていた次郎《じろう》も、ようやく新たな一歩を踏み出した。

できればもう二度と仁明の名前を聞きたくないと、関わった誰もが願っていただろう。

もちろん、澪《みお》も例外ではない。

ただ、同時に、——これで本当に終わりだろうか、と。いつも小さな不安が付き纏《まと》っていたことも事実だった。

だから、キラナビルのエレベーターに吊《つ》り下げられた、真っ黒に焦げた人形を見た瞬間、絶望感を覚えながらも、やはりこの日がきてしまったと、どこか納得している自分がいた。

澪がエレベーターで木偶《でく》人形に遭遇してから、一週間。

人形は東海林《しょうじ》によって厳重に処理され、エレベーターの封鎖も解かれ、それ以来異変は起こらないまま、そして手がかりも摑《つか》めないまま、澪たちはただ淡々と日々を過ごしていた。

ちなみに、キラナビルに設置された防犯カメラを調べたところ、該当の時間帯だけがおそらく霊障によってすべて動作しておらず、不審者が侵入した形跡はまったく残っていなかったらしい。

次郎はこの件を、自分たちへの警告かもしれないと言った。

とはいえ、今はまだ、すべて仁明の仕業であるという確証が得られているわけではなく、その真意はわからない。

というのも、関与が疑われる証拠は、集落に残されていたお札が、仁明が使用していたものと同じであるということのみ。

ただし、澪はもちろん、おそらく次郎の頭の中にも、こんなことができる人間なんて仁明以外にいないだろうという確固たる思いがあった。

「——ねえ、依頼はいいから呪いが疑われる情報を持ってこいってどういうこと？　いつもいつも、無理難題が過ぎない？」

そんな中、次郎が伊原《いはら》に伝えたのは、まさに愚痴った通りの要求。

次郎は別の依頼を持ってやってきた伊原にそう伝えると、質問ひとつ受け付けないまま、忙しそうにオフィスを後にした。

伊原は応接室のソファに気怠《けだる》そうに体を投げ出し、うんざりした様子で天井を仰ぐ。

「す、すみません……」

「しかも、北関東在住の金持ちからの情報ならなおよしとか。……無茶じゃん。……あれ？　まさか、俺からの依頼を拒否したいがために、遠回しにややこしいこと言ってはぐらかしてる……？」

「ち、違いますよ……」

伊原は混乱しているが、次郎の意図は明確だった。

仁明が今も高い報酬を取って呪いを商売にしているのならば、資産家たちとの人脈を持つ伊原の許《もと》には、不自然な現象に関する情報が集まってくる可能性が高い。

つまり、伊東《いとう》夫妻が重傷を負い、仁明の足取りを追う方法が潰《つい》えた今、伊原のネットワークは重要な頼りだ。

それでいて次郎が詳細を伝えない理由は、おそらく伊原に危険が及ぶ可能性を危惧《きぐ》してのことだろう。

澪はなにも言えないもどかしさを覚えながら、伊原にコーヒーを差し出した。

「いろいろ調べなきゃいけないことがあって……。伊原さんのことは、すごく頼りにしてるんです」

「いろいろ、ねぇ」

伊原はいかにも納得がいかないといった様子で、ソファの上であぐらをかく。

しかし、困惑する澪を見ながら、ふいに意味深な笑みを浮かべた。

「ってかさぁ、この間俺が持ってきた須川《すがわ》さんからの依頼こそ、〝資産家が持ってきた北関東の呪いが疑われる案件〟じゃん？……あれには食い付かなかったくせに今度は情報を集めろって、矛盾してるよねぇ。……もしかして君たち、須川さんの実家の集落にすでに行ってたりして。そういやあの後、念の為とか言いながら集落のことをいろいろ聞いてきてたし」

「そ、それは……」

「……で、おかしな湯脈でも当てた？」

「…………」

伊原の鋭さをよくわかっているはずだったけれど、まさかここまで正確に言い当てられるとは思わず、澪はつい目を泳がせる。

すると、伊原は声を出して笑った。

「なにその顔。隠す気ある？」

「……やめてください」

「澪ちゃんってほんとわかりやすいわ。その面白い顔に免じて、あまり追及しないでおくよ」

不本意ながらも、これ以上無理に否定しても墓穴を掘るだけだと、澪は追及しないという伊原の言葉に甘えて口を噤《つぐ》む。

そもそも、わざわざ言わなくても、伊原の態度を見れば、もはや大方の予想がついていることは明らかだった。

情報通の伊原が、世間を騒がせた吉原不動産の事件について知らないはずはないし、主犯として報道されていた悪徳霊能者がまだ行方不明であることも、おそらく知っている。

しかも、集落の場所は仁明の生家である白砂《しろすな》神社と同じ群馬。

なんらかの繋《つな》がりがあることくらいは、さほど考えなくとも思い付くだろう。

「あまり話せなくてすみません。……ただ、湯脈を当てたって程ではなく……、気がかりなことがたくさんありまして……」

「へぇ。ま、いずれにしろ、情報料を払ってくれるなら協力はするさ。だいたい、次郎くんって御曹司の癖にセレブの知り合い全然いなそうだから、俺に頼るしかないし」

隠しごとが苦手な澪にとって、あくまでビジネスと割り切っている伊原のこういう面には、いつも助けられていた。

澪はほっと息をつき、ソファに腰を下ろす。

すると、伊原は携帯を取り出し、連絡先リストを無造作にスクロールした。

「とはいえ呪いって……。欲しがる情報がピンポイントすぎるんだよなぁ」

「……すみません」

「いや、君が謝る必要はないんだけどさ」

「っていうか、素朴な疑問なんですが……、いわゆる成功者の方々って現実主義者が多そうっていうか、呪いなんて全然信じないイメージがあったんですけど、実際どうなんですか……？　須川さんはすごく怖がってましたけど、ああいう人は逆に珍しい気がして」

現に、これまで伊原を通じて受けた案件の中には、自分で依頼をしておきながらもあからさまに疑ってかかっている依頼者が多くいた。

しかし、伊原は澪の疑問にはさほど興味がないのか、たいして考えもせずに首を捻《ひね》る。

「どうだか。でも所詮《しょせん》皆同じ人間なんだから、得体の知れないものは怖いんじゃないの？　まあ、呪いはともかく占いならセレブの方がよっぽど敏感な気がするけどね。大事なことを吉凶占いで決めてる政治家も多いっていうし」

「伊原さんって、政治家にも知り合いがいるんですか？」

「いや、まぁ……、ねぇ」

特に意味のない質問だったけれど、なんだか煮え切らない返事をされ、澪は首をかしげる。

しかし、伊原は結局澪の質問には答えなかった。

「まぁ、そういう部類の人間には、イカツい霊能力者やら占い師やらがベッタリついてるよ」

「イカツい霊能力者、ですか……」

「中には、すっかり心酔しちゃって、なにもかも言いなりになって、もはや傀儡《かいらい》状態で仕事してる人もいるからね。よく聞くじゃん、いわゆる洗脳ってやつ」

伊原は冗談めかして言うけれど、澪にとっては笑えない話だった。

そのとき頭を過《よぎ》っていたのは、市松人形に宿った佳代《かよ》から見せてもらった、仁明の悪行の数々。

多くの人が仁明を頼り、当たり前のように人を呪う相談をする光景は、今も忘れられない。

霊能力が得体の知れないものだからこそ、望んだ通りになったときは、その不思議な力に心酔する者もいるだろう。

強い力を持つ仁明にとっては、人を思い通りに操作するなんておそらく簡単なことだ。

そう思うと、改めて恐怖を覚えた。

「澪ちゃん？　どうしたの、怖い顔して」

「え？……あ、すみません。ちょっと考えごとを……」

「君が真剣な顔をしてると、やばい霊でも出たんじゃないかと思って構えちゃうじゃん」

「オフィスにはそんなの出ませんよ。次郎さんがいるんだから安全です」

演技じみた仕草で応接室を見回す伊原に、澪は思わず笑う。

しかし、伊原は苦々しい表情を浮かべた。

「次郎くんの安全基準って、俺のような凡人にとってはガバガバだからさ。君も結局、次郎くんに洗脳されてるってことだよ」

「…………」

「なんで黙るの」

「……いえ、なんでも……」

澪は慌てて首を横に振る。

ただ、そのときの澪は、伊原のなにげない言葉によって、信じるということがどれだけ無意識的なものなのかを実感していた。

「ともかく、人間っていうのは、よくも悪くも影響されすぎるといろいろ見えなくなっちゃうからねぇ。定期的に頭の中を空っぽにして、自分自身はどう思うのか、ゼロベースで考えた方がいいと思うんだよ、俺は」

「ゼロベース、ですか」

「そうそう。冷静に考えてみたら、次郎くんなんか正真正銘の変人だよ？　それを全力で信用しちゃうから、澪ちゃんのような、平気で霊のペット飼ってひとりでに動く市松人形を連れ歩く変人が出来あがっちゃうわけ」

「それってそんなに変でしょうか」

「……もう手遅れだった」

引いている伊原が可笑《おか》しくて、澪は思わず笑う。

冗談だと察した伊原は大袈裟《おおげさ》に肩をすくめ、ぬるくなったコーヒーを一気に呷《あお》った。

それは、いつも通りの、取るに足らない雑談だった。

けれど、なにげない会話の中で聞いた信頼と洗脳についての話が妙に余韻を残し、澪の頭からなかなか離れなかった。

第一章

すっかり冬も深まった十二月。

血相を変えて第六のオフィスにやってきたのは、以前、実家がある集落で続く不審死について相談を持ちかけてきた須川。

澪が戸を開けると、須川はエントランスに入るや否や携帯を取り出し、伊東夫妻の自宅全焼の件が掲載されたネットニュースを澪に見せた。

「これも、本当に偶然なんでしょうか……」

「あ、あの、ちょっと待っ……」

「火事で重傷を負った伊東さんは、集落一帯の地主で、元住人なんです。二人までこんなことになるなんて、いくらなんでも集落の関係者に不幸が続きすぎじゃないかと……。やっぱり、呪いなんじゃないでしょうか……！　この間お預けしたお札は、きちんとお寺に持って行ってくださったんですか……？」

あまりの勢いに、澪はなにも言えずただ戸惑う。すると、別の要件でたまたま居合わせた高木《たかぎ》とリアムが応接室から顔を出した。

高木は会話から事情を察したのか、慌てて澪と須川の間に割って入る。

「初めまして、高木と申します。第六リサーチの人間ではありませんが、関係者です。

失礼ですが、一度落ち着いていただいて……」

「こんなもの見て、落ち着いてなんていられませんよ……」

須川は宥《なだ》める高木の言葉を遮り、今度は携帯を高木に向ける。

一緒に集落へ行き、火事の現場にも居合わせた高木はニュースなど読むまでもないが、おそらく須川を落ち着かせるためだろう、たっぷりと時間をかけて記事に目を通すフリをした。

思惑通りというべきか、須川はやがてぐったりと壁にもたれる。

すると、高木はそのタイミングを見計らったかのように携帯を返し、応接室から様子を窺《うかが》っているリアムにチラリと視線を向けた。

「……なるほど。この件をご相談にいらっしゃったんですね。……ですが、今は先客がおりまして」

リアムへの視線には、須川に出直してもらうために口裏を合わせてほしいという意味が込められているのだろうと、澪は察する。

これだけ興奮した須川からまともに話を聞けるとは思えないと、咄嗟《とっさ》に判断したのだろう。

想定外の事態だというのに、瞬時に機転を利かせた高木に、澪はただただ感心するばかりだった。――しかし。

「え、いいよマサフミ。僕は別に用事なんかないんだし、静かにしてるからここを使ってよ」

ニコニコしながらそう言い放ったのは、リアム。

高木は笑みを引き攣《つ》らせた。

日本語が堪能《たんのう》であり、高木との付き合いが長いリアムが意図を汲《く》み取れないとは思えず、澪は困惑する。

しかし、興味津々といった様子で目をキラキラと輝かせるリアムの表情を見て、すべてを察した。

さしずめ、心霊現象をこよなく好むリアムは「呪い」というワードに食いついたのだろうと。

現に、リアムは不謹慎な程に高揚した様子で、早速須川を応接室へと促した。

「さあ、こっちへ！　僕も一応関係者だから、同席しても？」

「は、はあ……」

「よかった！　ミオ、ジローはまだ？」

「も、もうすぐお戻りかと……。ちょっと連絡してみますね……」

澪は逃げるように執務エリアに入ると、途端に疲労感を覚えて脱力した。

沙良《さら》がパソコンから視線を上げ、こてんと首をかしげる。

「澪先輩、どうなさいました……？」

「どうもこうも、ぐちゃぐちゃだよ……。ってか、先に次郎さんに状況伝えておかなきや……」

澪は携帯を取り出し、次郎宛《あて》のメッセージを作る。

伊東のニュースを知った須川が混乱してやってきたこと、リアムが応接室に通してしまったことを淡々と文章にしながら、澪の頭には、これに目を通す次郎のうんざりした表情がリアルに浮かんでいた。

「――前にもお伝えしたように、人を殺す呪いなんてありません」

オフィスへ戻ってきた次郎は、応接室のソファに座って第一声、そう言い放った。

予想通りではあったものの、その、隙ひとつ見せない徹底した冷静さには、混乱していた須川すらもしばらく言葉を失っていた。

ちゃっかり同席していたリアムが、小さく肩をすくめる。

ただ、さすがに須川がそんなひと言で納得するはずはなかった。

「も、もちろん私だって、呪いなんて非現実的だって思っているんです。でも、例のお札が見付かった後、すぐに伊東さんの家が火事になって、やはり、なにか関係あるんじゃないかと思えて……」

「いえ、偶然です」

次郎の有無を言わせない圧に、須川はふたたび口を噤《つぐ》む。ただ、その表情は、少しだけほっとしているようにも見えた。

心の奥底では、呪いのような得体の知れないものを肯定したくないという思いを抱えていたのだろう。

心霊現象と縁のない生活を送ってきた人間ならば、それは当然のことだ。むしろ、数々の経験を積んできた澪にすら、須川の気持ちが痛い程わかる。

「……そう、ですか。そこまではっきり言い切っていただくと、少し冷静になれました……。このニュースを見たときは、過去に集落に住んでいた人間まで全員呪い殺されるのではないかと、ゾッとしまして……」

「身の回りの人間に続けて不幸な事件が起きれば、不安になるのは当然です。呪いのような不確かなものに関連付けてしまう人も多くいます。曖昧《あいまい》なものになら、いくらでもこじつけられますから。ただ、普段は注視していないだけで、世の中には日々膨大な数の事故や事件が起きています」

「……確かに、そう言われるとそうかもしれない……」

須川はようやく落ち着いた様子で、少し肩の力を抜いた。

緊張しながら二人のやり取りを見守っていた澪もまた、よく誤魔化しきれたものだと胸を撫《な》で下ろす。

しかし、そのとき。

「最近は本当にいろいろなことが重なり、長崎《ながさき》さんがおっしゃった通り、なにもかも呪いに関連付けてしまう癖が付いていたような気がします。……というのも、ずいぶん前に集落を出た知人がこのニュースを見て連絡をしてきたんです。彼は二年前に老舗《しにせ》旅館の次期社長として婿に入ったのですが、そこでも最近気味の悪い出来事が起きるそうで」

ふいに、須川が気になることを口にした。

「気味の悪い出来事、ですか」

次郎の瞳《ひとみ》がかすかに揺れる。

集落出身者の周囲で急に起こりはじめた気味の悪い出来事となると、さすがに聞き流すことができなかったのだろう。

しかし、須川は苦笑いを浮かべながら、首を横に振った。

「ええ。その話を聞いたときはゾッとしましたが……、冷静になって考えてみると、よく耳にする類《たぐい》の取るに足らない話です。なんでも、その旅館の先代の社長が収集していた工芸品が勝手に動くとか」

その瞬間、澪の心臓がドクンと大きく鼓動する。

途端に脳裏を過《よぎ》ったのは、山を徘徊《はいかい》する木偶《でく》人形の姿と、エレベーターに吊《つ》るされた真っ黒に焦げた民芸品の人形。

似ている、と。

そう思った瞬間、たちまち全身に震えが走った。澪は須川の手前、咄嗟に両手を強く握って無理やり恐怖を抑え込む。

すると、隣に座る高木がこっそりと背中に触れた。

顔を上げると、高木は小さく頷《うなず》く。おそらく、同じことを考えているのだろう。

一方、次郎はまったく動揺を見せなかった。

「歴史のある場所には、少なからずそういう現象は起こります。老舗旅館とおっしゃっていましたし、多くの人が集う場所は尚更《なおさら》です」

「ということは……、本当に霊がいる可能性も……？」

「十分にあります。呪いのような人為的なものに関しては肯定しませんが、我々はご存知の通り心霊現象を調査する会社ですので、そういう事例はいくつも見てきました」

「な、なるほど……」

淡々と話す次郎に、須川は明らかに引いていた。

依頼者の多くは、依頼しておきながら、往々にしてこういう矛盾した反応をする。

澪は、第六のような特殊な商売をするには、伊原のようなエージェントがいかに重要かを、しみじみ痛感していた。

直接話していると、こんなふうに互いが持つ常識の違いで嚙《か》み合わなくなることは避けられないだろうと。

現に、次郎は面倒を避けたいのか、老舗旅館で起きている現象を掘り下げようとする様子はなかった。

ただ、少しでも仁明に繋《つな》がる可能性があるなら、どんな小さな情報だって欲しいこの状況では、それが少しもどかしくもあった。——しかし、そのとき。

「歴史のある旅館でどんなことが起きてるのか、僕はすごく興味あるなぁ」

明らかに空気にそぐわないテンションでそう言い放ったのは、リアム。

リアムは、唖然《あぜん》とする澪を他所《よそ》に、目をキラキラと輝かせて須川の方に身を乗り出す。

「は……？」

「工芸品って、日本のトラディショナルなもの？　たとえばコケシとか、アカベコとか？」

「よ、よくご存知なんですね……」

「僕は日本の心霊現象が大好きだからね。ねえ、ミスタースガワ。その話、僕に聞かせてくれないかな」

「旅館の話を、ですか……？」

「そう！　是非！」

「ちょっと、リアム……！」

澪は強引に聞き出そうとするリアムを慌てて止めたものの、夢中になったリアムに澪の声は届かない。

その上、次郎はもちろん高木すらも、止めようとする気配はなかった。

須川は戸惑いながらも、やがてリアムの熱意に負けてか小さく頷く。

「詳しく聞いたわけではないですし、彼の勘違いの可能性もおおいにありますけど、そんな話でよろしければ……」

「もちろん！　嬉《うれ》しいよ、ありがとう……！」

リアムは両手を広げ、テーブル越しでなければ抱き付きかねない勢いで喜びを表現した。

その瞬間、澪はふと、次郎たちは、リアムの無邪気さに乗じて情報収集をしようとしているのではないかと察する。

確かに、心霊現象マニアの興味本位だと須川が解釈してくれれば、次郎が直接聞くよりも深刻さがずっと軽減される。

リアムの異常な嗜《し》好《こう》が役に立つ日がくるなんて思いもしなかったけれど、お陰で調べる手間が省けることは事実だった。

澪はリアムを止めるのをやめ、ソファに座りなおす。

すると、須川は記憶を辿《たど》るように遠い目をし、ゆっくりと口を開いた。

「旅館に婿に入ったのは、津久井《つくい》肇《はじめ》という男で私の幼馴染《おさななじみ》です。年は離れているのですが、狭い集落で共に育ち、実の弟のように可愛がっていたんです。彼は内向的で肝が小さく、気の毒な程に怖がりで……、婿入りしていずれは老舗旅館を継ぐのだと聞いたときは、本当に驚きましたし、心配したものです」

「確かに、人生がガラッと変わる決断だよね」

「ええ、いろいろと縁があったようで。……なにもかも、集落を出てからの話なのですが――」

須川の話によれば、津久井は集落が甚大な台風被害を受けたことをきっかけに、両親とともに集落を出て、伊東が暮らしていた村に転居したのだという。

畑を失い、農家を継ぐという漠然と考えていた将来が絶たれた肇は別の職を探すが、どこで働いても内向的な性格が災いし、人間関係が上手《うま》くいかなかったらしい。

そんなとき、たまたま訪れた窯元《かまもと》で、とある陶芸家の作品に心を打たれ、肇はなかば衝動的に弟子入りを決めた。

その後、作品を買い付けにきていた旅館の娘と知り合い、互いに惹《ひ》かれあった末恋人関係になったものの、結婚を考えはじめた頃に、旅館の次期後継者がいないことを相談されてしまう。

陶芸家を天職だと感じていた肇は散々迷ったが、好きになった女性を諦《あきら》めることはできず、結局、師範の後押しもあって婿入りを決めたというのが、須川が認識している現在までの経緯だ。

「――彼はまだ見習いの身ですが、接客にはかなり苦労していたようで、当初はたびたび相談を受けていました。それが次第になにも言ってこなくなり、慣れてきたのだろうとあまり気に留めていなかったのですが……、そんな矢先、伊東さんのニュースを見た肇が連絡をしてきたんです。彼も、集落出身者が不幸に遭いすぎていることに違和感を持ち、怯《おび》えていました。これまでの被害者は集落に住み続けている者に限られていましたが、伊東さんはとっくに集落を出ているのにと……」

「で、ハジメの旅館でもちょうどおかしなことが起きていたから、自分も狙われてるんじゃないかって余計に心配になったってことだね」

「ええ。元々心配性ですし、過剰に心配しています」

ここまでの話には、仁明と旅館との繋がりを決定付けるような内容はなかった。

伊東と同じ村に住んでいたという事実は少し気がかりだが、台風被害以降、集落から一気に住人が減ったと以前に聞いているし、同じ村に転居した集落出身の人間は、おそらく津久井だけではないだろう。

ただ、やはりどうしても引っかかるのは、旅館で起きている心霊現象の内容。工芸品が動くと聞くと、どうしても木偶人形を連想せずにはいられない。

「……それで、肝心のおかしな現象についてですが……、聞いたところによると、工芸品というのはお面だそうです。それが、勝手に動くのだと……」

「お面……？」

「ええ。肇が言うには、先代がずいぶん気味の悪いお面を収集し、旅館に展示しているのだそうで。そもそも、かなり前から、それらの配置が勝手に変わっているという程度の噂はあったそうですが、最近急に目撃談が増えたらしく、内容もエスカレートしているとの話です。なんでも、お面が夜中に物陰から睨《にら》んでいたり、後を追ってきたりするとか……。噂はみるみる広がり、仲居さんたちの間でも、目撃者が続出しているとか」

「仲居さんまで……」

澪は思わず呟《つぶや》く。

霊が出るという噂はどこにでもあるが、晃《こう》が管理する心霊物件情報サイトなんかを見る限り、その多くは心霊マニアが面白おかしく誇張した偽物ばかりだ。

ただ、旅館にとってはマイナスでしかない噂が従業員の間で広がっているとなると、心霊現象としての信憑性《しんぴょうせい》が一気に高くなる。

次郎や高木も同じことを思ったのだろう、応接室の空気がわずかに重くなった。——しかし。

「へぇ、ますます興味深いなぁ！　是非泊まりに行ってみたいよ！」

そんな空気を切り裂いたのは、やはり、リアム。

須川はすっかり呆《あき》れた様子で、苦笑いを浮かべた。

「……本当にお好きなんですね」

「好きというか、神秘を感じるんだ」

「な、なるほど……。私にはさっぱり……。ただ、少なくとも呪いではないと伺うことができて、なんだか安心しました。ちなみに、旅館の名前は『きた本《もと》』です。ご興味があるなら、行ってやってください。今もお面の展示をしているかどうかはわかりませんが……」

「ありがとう！」

「……では、私はそろそろ。急に押しかけて、すみませんでした」

はしゃぐリアムを見て冷静になったのだろう、須川はずいぶん落ち着いた様子でそう言うと、ソファを立って次郎に頭を下げる。

「いえ、また気になることがあればご相談ください」

「ええ、よろしくお願いします」

そして、応接室を後にした須川は、帰り際、エントランスに見送りに出た澪に、困ったように笑った。

「新垣《しんがき》さんでしたよね。さっきは取り乱してすみませんでした。肇には、呪いなんて存在しないと伝えます。……彼は本当に怖がりなので、それで安心するとも思えませんが、いずれは後を継ぐわけですし、しっかりしてもらわないと」

「……そう、ですね」

「では、失礼します」

須川のすっかり安心しきった顔を見ると、嘘をついていることがなんだか心苦しかった。

気持ちが晴れず、澪はゆっくりと深呼吸をしてから、応接室に戻る。

すると、いつの間にやってきたのか、ソファには晃と沙良の姿があった。

晃はパソコンを操作し、出てきた画面を次郎たちに向ける。

「はい、これがきた本のサイト。写真から、いかにも老舗《しにせ》って雰囲気が出てるね。超高そう」

「こ、晃くん……？」

「澪ちゃんご苦労様。早く座って。きた本を調べるんでしょ？」

「なんで知って……」

「なんでって、オフィスに着いたら面白そうな話が聞こえてきたから、給湯室から盗み聞きしてた。宮川《みやがわ》さんと一緒に」

当たり前のようにそう言われ、澪は戸惑いながらもソファに座る。

「溝口《みぞぐち》、きた本で流れている噂を検索してくれ」

「りょうかーい」

一方、次郎は晃たちの盗み聞きは想定内とばかりに、平然と指示を出した。

「あの……、やっぱり、さっき聞いた話って、仁明と関わってるんでしょうか……？」

澪は展開の速さに付いていけず、おずおずと尋ねる。

すると、次郎は意外にも首を横に振った。

「正直、可能性はそう高くないと思ってる。さっきも言ったように、古い旅館なら心霊現象の一つや二つ、別に珍しくもないからな。……ただ、単純に、今は無視できる状況じゃないから念には念を入れたい」

「そう、ですよね……」

可能性はそう高くないという次郎の考えを聞き、緊張がわずかに緩んだ。

仁明らしき者から警告を受け、できるだけ早く居場所を突き止めなければならないこの状況で、ほっとするのは変だとわかっているけれど、澪にとっての仁明は、それくらい脅威的な存在だった。

こっそり溜《た》め息をつくと、沙良が澪の前にコーヒーを差し出す。

「澪先輩、顔色が悪いようですが、大丈夫ですか？」

「あ……、うん。ありがとう、大丈夫」

無理やり笑顔を繕うと、今度は晃からテーブル越しになにかを放り投げられ、澪は慌てて摑《つか》み取った。

手のひらを開くと、そこにあったのは見慣れた飴《あめ》。疲れを感じたときに、晃がいつもくれるものだ。

「ありがとう……」

「もっと糖分取ってテンション上げてよ。ここには澪ちゃんしか明るい人間がいないんだし、暗くなられると息が詰まるから」

「わ、わかった……」

二人から労《ねぎら》われ、なんだか背筋が伸びるような心地がした。

澪は飴を口に放り込み、一度深呼吸して気持ちを切り替える。

すると、高木がふと晃のパソコンから視線を外し、険しい表情を浮かべた。

「っていうか……、念の為に調べるべきだってことには同意なんだけど、万が一この旅館が仁明と繋《つな》がっていた場合、俺や次郎や澪ちゃんが近寄るのは危険だよね。どういう手を使ったのかはわからないけど、この場所がばれてるってことは、俺らの気配も認識されてるって考えるべきでしょ」

　高木の懸念はもっともだった。

　仁明が人物の特定まで至っているかどうかは不明だが、おそらく、澪たち三人の気配は知られている。

　だとすれば、仁明の息がかかっている可能性が少しでもある場所に、安易に近寄るのは得策とはいえない。

　できるだけ現場に近寄らずに探る方が無難だが、それではできることが極端に限られ、なにより時間がかかってしまう。

　次郎としても、そこがネックなのだろう、眉間《みけん》に皺《しわ》を寄せる。

「……とはいえ、ハズレの可能性が高い案件をあまりに慎重に進めて、時間を浪費するのも気が進まないな。相手が次にどう出てくるかわからない今、無関係なことに人や時間を費やすのは避けたい」

「それはそうですけど……、でも、どうすれば……」

　応接室がしんと静まり返った。

　次郎の意見は正しいが、現場に近寄ることなく、時間をかけずに調査をするなんて、あまりに難易度が高い。

気配がばれていない晃ならば潜入は可能だが、晃には霊感がないし、当然ながら、依頼でもないのに勝手に機材を仕掛けるわけにはいかない。

澪は、次郎が稼働できないことが第六にとっていかに痛手かを、改めて痛感していた。

　応接室に長い沈黙が流れる。

　もはや打開策が浮かぶとは思えず、澪は途方に暮れてソファの背もたれにぐったりと背中を預けた。

「調べたいけど、近寄れないなんてさすがに厳しいですね……。いっそ、自分の気配を消す方法があったらいいのに。……忍者みたいに」

　追い詰められてつい愚痴を零《こぼ》すと、ふいに全員の視線が集中した。

　こんなときにくだらないことを言ってしまったと、途端に我に返った澪は、慌てて苦笑いを浮かべる。

「す、すみません……。ただの妄想なので気にしないでください……」

　居たたまれずに謝ると、晃はニヤニヤと笑い、沙良は心配そうに瞳《ひとみ》を揺らす。――しかし。

「……それは、アリだな」

　突如、予想だにしない言葉が響いた。

　口にしたのは、次郎。そこにいた全員が、驚きをあらわに次郎に視線を向ける。

「あ、あの……、今、アリだって言いました……？」

「言った。式神を使えば、やりようがある……気がする。ただ、あくまで理屈の上ではという話だが」

「式神……」

言い方はかなり曖昧《あいまい》だけれど、式神と聞いた瞬間、澪の心の中には、頭で考えるよりも先に小さな希望が生まれていた。

式神には人の念を込めることができ、誰かの身代わりのような使い方をされることが多い。

その不思議な力を、澪はこれまでに何度も体感している。

「もしかして……、式神に自分以外の念を込めて身に付けていれば、自分の気配も変わる、とか……？」

なかば希望を込めて呟《つぶや》いた澪の予想に、次郎はあっさりと頷《うなず》いた。

「珍しく察しがいいな。ただ、たとえ他人の気配を纏《まと》ったとしても、自分の気配を消せるかどうかは正直疑問が残る。……そもそも、そんな高度な技は俺には無理だ。できるとすれば、一人しか思い当たらない」

誰のことを指しているのかは、いちいち考えるまでもなかった。

「東海林さんですね……！」

澪がその名を口にすると、次郎は頷く。しかし、その表情はわずかに曇っていた。

おそらく、次郎は東海林をあまり巻き込みたくないのだろう。

澪としても、病気を患っている東海林にあまり無理をさせたくないし、これまで長く苦しんできたぶん、残りの人生は佳代と穏やかに過ごしてほしいと思っていた。

ただ、今回は、いつもの調査とは訳が違う。

仁明とは最悪にして最高峰の能力者。関わりが疑われるような案件に不用意に手を出すのは命取りであると、澪は身をもってわかっていた。

そして、そんな仁明に能力で対抗できる身近な人物なんて、東海林以外に存在しない。

そもそも、東海林の助言がなかったなら、澪たちは前回でとうに詰んでいる。

次郎もそれをよくわかっているのか、黙ったまましばらく考え込んでいた。

その表情を見ていると、なんだか重い決断を次郎だけに背負わせている気がして、胸が痛む。

「……次郎さん。悩む気持ちはよくわかりますけど……、いずれにしろ東海林さんの協力は必要だと思います。……私から相談を持ちかけてみてもいいですか？」

なかば衝動任せにそう言うと、次郎は我に返ったように瞳を揺らした。

「……澪」

「もし式神の件が不可能だとしても、他に提案をもらえるかもしれません。……万全を期しましょう。今後のためにも」

「…………」

「私、連絡してみますね」

「……ああ。……頼む」

さすがに強引かもしれないと思っていた澪は、次郎が頷いた瞬間、ほっと胸を撫《な》で下ろす。

そんな澪を見て晃がニヤリと笑ったけれど、澪は気付かぬフリをして、携帯をポケットから引っ張り出した。

「――確かに、理屈では可能です」

澪が連絡すると、東海林はすぐに第六のオフィスへ足を運んでくれた。聞けば、今日は朝から五階の自室で過ごしていたらしい。

そして、次郎が一連のことを説明した後、東海林が口にしたのが先の台詞《せりふ》。

可能だと聞き、応接室にはなんともいえない緊張が走った。

「つまり、自分の気配を偽れるってことですよね……？」

澪がおそるおそる尋ねると、東海林は頷きながらも眉根《まゆね》を寄せる。

「ええ。……ただ、成立させる条件が多くありますが」

「条件……？」

「別の人間の念を式神に込めて持ち歩けば、確かに気配は変わります。本人の気配を消すことはできませんが、通常は自然に別人の気配が混ざることなんてあり得ませんから、少なくとも本人の気配とはまったく違うものになりますし、気配を誤魔化すという意味では期待通りの効果が得られるでしょう。……ただ」

東海林は突如言葉を止めると、無言でしばらく考え込んだ。

「理屈では」という前置きから察するに、おそらく、東海林にも経験のないことなのだろう。

やがて、慎重に言葉を選ぶように、ゆっくりと口を開く。

「まずは前提の話ですが、式神に誰の念を込めるかによって、安定して効果が得られる持続時間が大きく変わります。たとえば能力者である私の念を込めた場合は長い効果を得られるでしょうが……、皆さんが気配を誤魔化したい相手は、能力者ですよね。私の念を持ち歩けば、逆に目立ちます」

「それってつまり……、式神に込めるのは普通の人の念でないと、逆に怪しまれるってことですよね……？」

「ええ。ただし、霊能力者以外の念を込めた場合、効果が得られるのはせいぜい二日。その上、式神に込めた念の主とあまり離れて行動できません。そもそも不自然な行為ですから、離れすぎると、念は主の許《もと》へ戻ってしまいます」

「なるほど……」

つまり、気配を誤魔化すには、他人の念を式神に込めた上で、その念の主とできるだけ近くで行動する必要がある。

確かに成立させるには条件が多く、二日となると期間も短い。ただ、決して不可能ではなかった。

「ってことは……、もし、すでに気配がばれてる部長さんや澪ちゃんや高木くんが行く場合は、まだ気配がばれてない人がペアになればいいってことだよね？　たとえば僕のような」

晃は興奮を抑えられないといった様子で、次郎の方に身を乗り出した。

次郎は苦々しい表情を浮かべる。

「……言っておくが、業務外だぞ」

「ぜんっぜん、関係ない！　老舗《しにせ》の旅館でお面が動くなんて超やばい話、本当だったらめちゃくちゃ面白いじゃん！　前はシス管のせいで付いて行けなかったし、今度こそ絶対に行く！」

「こ、晃くん……」

いつものことだけれど、晃はまるで遊びにでも行くかのようなテンションだった。ただ、もはや皆慣れているのか、不謹慎だと突っ込む者はいない。

次郎もまた、そんな晃に文句ひとつ言わなかった。今回は気配を誤魔化すための人材が必要であり、晃なら適材だと考えたのだろう。

すると、その様子を見ていたリアムが慌てて手を挙げた。

「僕も行く！」

「リ、リアム……！」

予想はしていたものの、澪は慌てて止める。しかし、リアムにはまったく引く気配がなかった。

「ミオ、そもそも旅館の話を聞いたのは僕だよ。最初から一人でも行く気だったんだから、たとえ澪たちに断られたって僕は行く。結局同じことでしょ？」

「そんな……！」

そう言われてしまえば、返しようがない。

ただ、なにが起こるかわからない場所に一人で行かれるくらいなら、いっそ一緒に行動してくれた方が安心だという考え方もあった。

すると、しばらく黙っていた高木が口を開く。

「仁明が関係する可能性があるなら、俺も行くよ。どうせ誰かに同行してもらわなきゃいけないんだし、だったら俺の式神はリアムに頼む」

「マサフミ……！」

「俺らがゾロゾロ行くと目立ちそうだけど、リアムがいれば観光客っぽさも出るしね」

こうして、次郎と晃、高木とリアムという組み合わせが決定した。

あまりの展開の速さに戸惑っていた澪は、着々とメンバーが決まっていく様子を見ながら、ふと焦りを覚える。

「あの……、私は……？」

その問いは、自分が行かないなんてことはまずないと思い込んでいた澪にとって、念の為の確認のつもりだった。

しかし、次郎はなかなか返事をくれず、次第に嫌な予感が込み上げてくる。――そして。

「でも、澪ちゃんのペアになる人がいなくない……？　ずっと一緒に行動しなきゃならないんだったら、女の子じゃないとまずいしさ……」

さも言いにくそうにそう口にしたのは、晃。

澪は慌てて首を横に振った。

「そんな……、別に女性じゃなくても……！　私は皆と同じ部屋で大丈夫ですし、伊原さんとか……」

「伊原は駄目だ。仕事柄、仁明の関係者といつ繋《つな》がってもおかしくない奴に、下手に情報を入れたくない。万が一狙われた場合、守りようがないだろ」

「それは……」

確かにそれを懸念しているからこそ、伊原には、集落に行ったことを隠している。

目的を隠したまま同行を頼むのはさすがに無理があるし、たとえ隠せたとしても、もし集落出身者である津久井が働く旅館だと知られてしまえば、察しのいい伊原なら、すぐに勘付くだろう。

伊原が駄目なら残る関係者は牧田《まきた》しかいないが、目的を知られるわけにはいかないという意味では、牧田もまた同じだ。

牧田は決して口には出さないが、逮捕された慶子のことを今も心から愛している。慶子を陥れた仁明のことを調べているなんて言えば、いたずらに感情を煽《あお》りかねない。

もはや組む相手がいないことは明白なのに、結論を出されるのが怖くて、澪は必死に頭を働かせた。

すると、次郎が小さく肩をすくめる。

「通常の調査ならお前がいないのは痛手だが、今回はただの確認だ。二日で戻るから待ってろ」

「だけど……、もし仁明が関わってたら……」

「だとしても、現地で深追いする気はない。今後の計画を立てるのは、オフィスに戻ってからだ」

「でも……！」

「澪」

困らせたくはないのに、そのときの澪は、どうしても引くことができなかった。

頭を巡っているのは、エレベーターに吊《つ》るされた人形を見つけたときに勢いのまま口にした、「私が次郎さんを守ります」という言葉。

もちろん、自分にそんな力があるなんて思ってはいない。

ただ、澪はあのとき、恐ろしいことが始まりそうな得体の知れない不安に打ちのめされながらも、強がりではなく心の底からそう思っていた。

次郎を、――次郎の心を、守りたいと。もう、なにがあっても、二度と次郎から大切な人を奪わせたくないと。

だから、絶対に傍にいようと、そして、どんなに些《さ》細《さい》なことでも自分にできることをしようと思った。

そんな澪にとって、同行できないこと程もどかしいことはない。

すると、そのとき。

「私は除外なのでしょうか」

張り詰めた空気の中、突如、そう口にしたのは沙良。

一気に視線を浴びた沙良は、いたって落ち着いた様子で澪に微笑みかける。

「沙良ちゃんは……、だって……」

もちろん、沙良の存在を忘れていたわけではない。

ただ、沙良は入社して間がなく、おまけに今は試用期間。その上、親は素性を簡単に明かせない程の大物で、伊原いわく、政財界に多大な影響を及ぼす人物だという。

今や当たり前のように働いているが、澪には、仁明に関する明らかに危険な調査に沙良を巻き込むという発想は皆無だった。

言い淀《よど》む澪に、沙良はさらに言葉を続ける。

「もし試用期間であることがネックになっているのでしたら、今回は業務外のようですし、それは無関係ではないでしょうか。そうなると、リアムさんと同じように私もプライベートで参加したいと思うのですが、それは問題ありますか？」

「問題って……、もし危険な目に遭わせでもしたら……」

「そもそも、私はそんなことは覚悟の上で働きたいと希望しました。私を採用した長崎さんもそれは当然承知のはずです。……それとも、私のことをいつまでも使うことなく、ただ飼い殺しにする気だったのでしょうか」

「そんなこと……」

「でしたら、迷う必要はないかと。それに、私は元より、澪先輩のためならなんでもする所存です。守っていただくよりも、便利に使っていただいた方が幸せです」

余裕の笑みを浮かべながら淡々と言う沙良に、そこにいた誰もが絶句していた。

「クレイジー……」

沈黙の中、晃が楽しげに呟《つぶや》く。

正直、沙良の提案に戸惑いながらも、心の中に希望が生まれたことは否定できなかった。

もし沙良が来てくれるなら、常に一緒に行動する必要があるという問題はクリアでき、調査に参加することができる。

ただ、こればっかりは自分の判断だけで決めるわけにはいかず、澪は次郎にチラリと視線を向けた。

しかし、次郎は険しい表情を浮かべたまま、首を縦にも横にも振らなかった。

澪は、固唾《かたず》を呑《の》んで次郎の判断を待つ。

すると、そのとき。

「いくら心霊現象の噂が多い場所とはいえ、たった二日では、かなり高い確率で、なにも起こらないまま過ぎてしまうでしょうね」

沈黙を破ったのは、意外にも東海林だった。

「東海林さん……」

「そして、なにも起こらなければ、それが誰かの謀《はかりごと》であるかどうかなんて判断しようがありませんし、結果無駄になります。そう考えると、やはり澪さんのような寄せやすい体質の方の参加が必須《ひっす》ではないかと」

東海林はそこまで言うと、一度ゆっくりと呼吸をし、ふたたび口を開く。

「今後起こり得る大きなリスクを考えれば、私なら、今のうちの小さなリスクは買うべきだと考えます。……長崎くんたちが関わっている相手は、それくらいの脅威ですから」

応接室の空気が一気に緊迫した。

〝今後起こり得る大きなリスク〟という言葉には、目が覚める程のインパクトがあった。

同時に、しばらく考え込んでいた次郎がふと顔を上げる。その目からは、さっきまで揺れていた迷いが払拭《ふっしょく》されていた。——そして。

「宮川、……悪いが、頼む」

それは、短いながらも多くの覚悟が伝わるひと言だった。

沙良はそれを噛《か》み締めるように、深く頷《うなず》く。

「ええ。もちろんです」

沙良の強さを象徴するような鮮やかな笑みが、張り詰めた空気をふわりとほどいた。

澪は衝動的に沙良の手を握る。

「ありがとう……！」

「いいえ。澪先輩とお泊まり、楽しみです」

「お泊ま……」

「両親以外とは、外泊したことがありませんから」

状況にそぐわない言葉に誰もが唖然《あぜん》とする中、それは沙良なりの気遣いではないかと、澪は密《ひそ》かに察していた。

沙良は一見ずれているように思われがちだが、実はとても冷静であり、状況を俯瞰《ふかん》することに長《た》けている。

沙良は以前、澪に、黙って受け入れざるを得なかった父親の心変わりのことや、それによって心を壊した母親のことを話してくれた。

そんな生い立ちによって冷静さが培われたのだと思うと胸が苦しいけれど、沙良は卑屈になるどころか、自分の強さに変えている。

そして、さも空気を読めないように振る舞いながら場を和ませるところは、少し、晃の優しさに似ていた。

ともかく、――こうして、きた本での調査が決定した。

格式のある老舗《しにせ》旅館とあり、空室状況は少し不安だったけれど、意外にも翌週末に六名二部屋で予約を取ることができた。

仕事柄、日本の観光事情に詳しい高木が言うには、きた本周辺のエリアは冬場は雪が深く、秋の紅葉時期をピークとして、春先までは比較的閑散としているらしい。

澪たちにとって、宿泊客が少ないことは好都合だった。

きた本へ向けて東京を発《た》ったのは、翌週の土曜日の昼過ぎ。

次郎の車で向かうと思いきや、当日、リアムはいつの間に手配したのか、完全寒冷地仕様という些《いささ》か過剰な装備の巨大な四駆でキラナビルへやってきた。

その張り切り様に次郎はうんざりしていたけれど、こういうときのリアムの熱は誰にも止められない。

今回は旅館に泊まるというのに、ラゲッジスペースにはテントやテーブルなどがギチギチに詰め込まれていた。

「ねー、リアムさー、まじでこの荷物全部持ってくの？　テントなんて絶対いらなくない？」

「だけどコウ、雪の上にテントを張って星を眺めるのも最高だよ」

「天気予報見た？　雪なんて降らないって言ってたけど」

「でも、山の天候は変わりやすいって言うから」

「そんなに標高が高い場所じゃないから、予報通りだと思うけど。……ま、いっか。リアムが楽しいなら」

一応突っ込んではいるが、晃も本気で止める気はないらしい。

次郎や高木に至っては、すっかり慣れているのだろう、大量の荷物を見ても徹底してノーコメントだった。

澪はやれやれと思いながらも、最後部のシートに沙良と並んで座り、膝《ひざ》の上のマメを撫《な》でる。

「マメ、今回は私からあまり離れちゃ駄目だよ」

東海林によれば、本来は動物霊の気配は人と比べて差分が少なく、見分けが付きにくいらしい。

とはいえ、マメは動物霊の中では特殊であり、念の為、あまり離れないよう東海林から念を押されている。

マメは澪をチラリと見上げ、ゆるゆると尻尾《しっぽ》を振った。

どうやら、澪の言葉を理解しているらしい。澪はほっと息をつき、ふと胸ポケットに触れた。

　ポケットの中には、今朝早くに東海林が手配してくれた式神が入っている。

その中に込められているのは、沙良の念。触れても普通の紙となんら変わらないが、これで澪の気配は誤魔化せるらしい。

　今回気を付けなければならないのは、式神を肌身離さず持っていることと、できるだけ沙良と離れないこと。

　東海林によれば、式神に込める念によって、離れられる距離にもいくらか差が出るのだという。

　安全な距離を正確に割り出すことはできないが、半径二十メートル以内ならばおそらく問題ないとのこと。

　二十メートルは案外狭いけれど、同じ室内で過ごすぶんにはまったく不便を感じない範囲だと、澪は少しほっとしていた。

　ふと車内を見れば、やたらとテンションの高いリアムの声が途切れることなく響き、助手席の高木が延々と生返事を返していた。

　その後ろでは、次郎はタブレット、晃が携帯ゲームと、それぞれ別のことに集中している。

　澪の横に座る、ラフな格好をしていてもなお育ちのよさを隠しきれない沙良を含め、この一見共通点の見出《みいだ》せない六人で旅館を訪れたらさぞかし浮くだろうと、澪は一抹の不安を覚えた。

きた本に到着したのは、ちょうどチェックインのはじまる十五時。

車を降りるやいなや、あまりの寒さに身を縮める澪を他所《よそ》に、リアムは早速目を輝かせた。

澪たちを最初に迎えたのは、瓦《かわら》屋根付きの立派な門。そこにかけられた濃紺ののれんには、白い筆文字で「きた本」と書かれている。

門を潜《くぐ》れば、綺麗《きれい》に手入れされた庭園が広がり、石畳の道の先に見えるのは、二階建ての純日本建築。

淡い色の土壁と、すべての窓にかかる木製の飾り格子からは和の風情が感じられ、それはリアムでなくともつい立ち止まってしまう程に美しく、風景と調和した佇《たたず》まいだった。

「素晴らしいな……。庭木が寸分の乱れなく刈り込まれているのに不思議と温かみがあって、日本庭園は本当にクリエイティブだ。これは到底真似できない」

「そういえば、リアムは庭園に詳しいですもんね」

「うちのホテルの庭園はどこもイングリッシュガーデンだけど、僕はどんな様式の庭園にも興味があるよ。フランス庭園の平面幾何学式も圧巻だし、イタリアのテラス式も独特の雰囲気がある。だけど、日本庭園はやっぱり少し特別かな。広い敷地がなくても、むしろ盆栽だってひとつの庭園として成立しているっていうか――」

「……おい、行くぞ」

うっとりと語り出したリアムを、背後から次郎が急《せ》かす。

次郎は早くもうんざりしている様子だったけれど、ただ、リアムがいてくれることで、大きなプラスもあった。

まずもって、ここまでの道中に懸念していた、この六人組はさぞかし浮くだろうという心配は、リアムの存在のお陰でかなり緩和された。

以前に高木も言っていたけれど、リアムがはしゃいでくれるおかげで、傍《はた》から見れば海外からの客を観光に連れてきたような演出ができる。

現に、チェックインするときも、ほとんどの従業員がリアムを観光目的だと判断しているようで、滞在予定や好きな日本食など、たびたび質問を投げかけていた。

「リアムが世界屈指のホテルチェーン、ウェズリーグループの御曹司だって知ったら、あの人たちきっと固まっちゃうだろうね」

晃が人の悪い笑みを浮かべ、澪に耳打ちする。

「そうかもしれないけど、こんな立派な老舗旅館なんだから、きっとこれまでにすごいゲストがたくさん泊まってるよ」

「それはそうかも。実際、宿泊費もなかなかだったし」

「知ってるの？」

「そりゃ、僕のカードで立て替えてるから。知りたい？」

「……怖いからやめとく」

ちなみに、今回すべての宿泊費を負担したのは次郎。当然ながら経費ではなく、完全な自腹だ。

吉原グループの御曹司にウェズリーグループの御曹司、世界に展開する外資系ホテルチェーンの重役の息子に政財界の大物の娘と、大物がこれだけ揃えば、使えそうなコネがいくらでもありそうなものだが、素性を伏せたいがために一切使わず、予約の名義も晃の名前を使っている。

宿泊費が高いことはある程度予想していたけれど、実際に訪れ、格調高い雰囲気を目の当たりにした澪は、今さらながら恐怖を覚えていた。

「絶対に行くって断固粘った自分が怖い……」

「あのときの澪ちゃんからは、意地でも譲らないっていう気迫を感じたよ」

「や、やめて……。いっそ自分で払うって言いたいけど、言ったら私の経済が破綻《はたん》する気がする……」

「うける。……ま、どうせ言ったって受け取らないんだから、一旦《いったん》忘れようよ。必要だから連れてきたんだろうし」

もちろん、ここへ来たことに関してはまったく後悔していないけれど、玄関ホールに飾られているいかにも高そうな陶器や掛け軸を見ると、思わず目眩《めまい》を覚える。

フロントでチェックインの手続きをしている間、澪はソワソワして落ち着かなかった。

一方、完全に萎縮《いしゅく》してしまった澪を他所に、リアムは高揚した様子で辺りを見回し、突如、近くにいた仲居の女性を呼ぶ。——そして。

「ところで、日本の伝統工芸品が飾られている部屋って、どこにあるの？　すごく不思議な噂を聞いたから、見にきたんだけど」

今回の調査の核心とも言える質問を、サラリと投げかけた。

「ちょっ……リアム……」

澪は思わず声を上げるが、リアムの耳には届いていない。

噂のことまで話題にする必要はないのにと、澪は慌てて駆け寄り、リアムの前に割って入った。

そして、今はとにかく誤魔化そうと、思いつく限りの弁解を頭に巡らせた、そのとき。

「不思議な噂、ですか……。なんのことでしょうか……」

仲居は少し大袈裟《おおげさ》に思える程に動揺していて、ふと、澪の頭に不穏な予感が過《よぎ》った。

その反応を見る限り、この旅館でおかしなことが起きているのは、ほぼ確定と言える。

ただ、仲居の怯《おび》え方は、どこにでもありがちな霊の噂を怖がっているようなレベルではなかった。

おそらく、彼女は目撃者なのだろうと、澪は直感する。

「唐突にすみません、彼は日本の工芸品に興味を持っていまして……、以前にここに宿泊した知人から立派な展示があるという話を聞いたらしく、とても見たいと話していたもので……」

澪は変に騒ぎにならないようにと、平静を装いそう補足した。

すると、仲居は少し落ち着いた様子で、笑みを浮かべる。

「ああ、……そうでしたか。ただ、……今はもう展示をしておらず……」

「え？　展示してないんですか……？」

「ええ。まことに申し訳ございません……。以前は離れの方でそのような展示をしていたのですが、現在庭を一部改装中でございまして、離れへの立ち入りをご遠慮いただいております。楽しみにご来訪いただいたところを心苦しいのですが、どうかご理解ください」

仲居はそう言うと、深々と頭を下げた。

せめて展示が館内ならば近くで様子を窺《うかが》うことができるかもしれないが、離れとなるとそう簡単にはいかない。

とはいえ、丁寧に断る仲居からは、一切の交渉の余地は感じられなかった。

「そう、ですか……」

澪は、あとで皆に相談しようと、一旦引き下がる。しかし、そのとき。

「そんな……！　僕はそれを目的に来たのに……！　どうしても駄目かな。ほんの少しの時間でいいんだ。……そうだ、よかったら責任者の方とお話しさせてもらえると嬉《うれ》しいんだけど、呼んでもらってもいい？」

「リアム……！」

突如リアムが騒ぎだし、澪は慌てて止めた。

つい大きな声を出してしまって、別の客の視線がチラチラと集まる。

しばらく様子を窺っていた高木も、責任者という単語が出たことに焦ったのだろう、咄嗟《とっさ》にリアムの腕を引いた。

「リアム、今粘っても迷惑をかけるだけだから、とにかく一回部屋に行こう」

「だけどマサフミ、展示が見れなきゃ僕らはなんのためにここにき——」

「……リアム」

「…………」

珍しく凄《すご》みの利いた高木のひと声で、リアムはようやく黙る。

澪はひとまず胸を撫《な》で下ろした。すると、晃が笑いを堪《こら》えられないといった様子で澪の横に並ぶ。

「リアムって予測不能でほんと面白いよね。おまけに制御不能だし」

「……面白がらないで」

「あたふたする澪ちゃんもセットで僕は楽しい」

「っていうか、見てないで止めてよ……」

「まあまあ。……ってか、やばいことになったよね」

やばいこととは、聞くまでもない。

リアムのお陰で判明した、展示を見ることができないという問題は、澪たちにとってもっとも致命的だった。

ただ、今の澪にそれを考える余裕はない。

「それは後で考えよう……」

澪はそう言い、溜《た》め息をついた。

やがて、チェックインを終えた次郎が戻ってきて、やけに疲れた様子の澪を見て肩をすくめる。

「今からそんな調子でどうする」

「いろいろありまして……」

「まあ、だいたいは聞こえてたが。とにかく、部屋に行くぞ」

そう言うと、次郎は背後に視線を向けた。

そこには、若く可愛らしい仲居が立っていて、澪たちを見てぺこりと頭を下げる。

「ご滞在の間、みなさまのお部屋を担当させていただきます、宮内楓《みやうちかえで》と申します。なんなりとお申し付けくださいね」

「あっ……、こちらこそ、お世話になります……」

澪が慌てて挨拶《あいさつ》を返すと、楓は人懐っこい笑みを浮かべた。

どちらかと言えば落ち着いた印象の仲居が多い中、楓はどこか天真爛漫《てんしんらんまん》な雰囲気があり、話しやすそうに見える。

もしかしたら、工芸品の展示のことも気安く教えてくれるのではないかと、ふと頭を過った、そのとき。

「……ちなみに、さきほどお話しされていた工芸品の展示の件ですが、少しの時間でしたらご案内できますよ」

まるで澪の頭の中を読まれていたかのようなタイミングで、楓がそう口にした。

「え……？」

「本当に？　いいの？」

すっかり意気消沈していたリアムが途端に目を輝かせる。

すると、楓は周囲の視線を少し気にしながら、にっこりと笑った。

「お部屋にご案内しながらお話ししますね」

「わかった！　早く行こう！」

「お荷物は後ほどお部屋へお届けしますので、そのままで結構ですよ。では、参りましょう」

澪たちは楓の後に続き、玄関ホールの奥から右へと延びる廊下を進む。

曇りひとつなく磨かれた板間の廊下を歩きながら、澪はなんとなく楓に対して小さな違和感を覚えていた。

というのも、展示を見せてくれると言った楓の様子は、工芸品のことを尋ねただけで怯えていた仲居とはあまりにも落差がある。

楓が霊の噂を知らないという可能性もなくはないが、それにしては、提案をくれたときの人目を気にする様子は意味深だった。

「あの……、展示を案内してもらえるっていうお話って、どういう……」

澪はモヤモヤした気持ちを抑えられず、ひと気がなくなるやいなや、楓に尋ねた。

すると、楓は振り返り、にっこりと笑う。

「実は、展示を見たいというお客様は、案外多くいらっしゃるんです。……ご存知のようなので正直に申し上げますと、おかしな噂が広がりはじめて以来、それを目的としてお越しいただくお客様が増えまして」

「おかしな噂って、工芸品が勝手に動くってやつだよね？」

躊躇《ためら》いもなく口にした晃に、楓は少し驚きながらも頷《うなず》いてみせた。

「やっぱりみなさんも、心霊現象を愛好されている方々だったんですね」

「愛好、というわけでは……」

一応否定したものの、展示を見たいと騒いだリアムの様子を見られてしまった手前、説得力がないことは自覚していた。

ただ、本当のことを言えるはずはなく、だったら、少々不名誉であっても愛好家だと思われた方が身動きを取りやすいように思え、澪は言葉を濁す。

　すると、楓はさらに言葉を続けた。

「旅館にとっては、気味の悪い噂なんてマイナスでしかありませんから、噂の許《もと》となった展示を中止する決断には、皆が合意しました。……ただ、その一方で、たとえ噂目的であっても、この閑散期にご来訪いただくお客様は、大変ありがたいという思いもあり……。ですので、希望されるお客様にはご案内しています。……ただ、従業員の中にも反対する者が多くいますので、こうしてこっそりと」

「……なるほど」

　楓の説明を聞き、澪の違和感はおおかた払拭《ふっしょく》された。

　事前に高木から旅館の閑散期についての事情は聞いていたけれど、確かに予約も簡単に取れたし、ちょうどチェックインの時間に到着したというのに、他の客はあまり見かけなかった。

　そんな状況だからこそ、噂目的の客をよしとする賛成派と、噂そのものを根絶したい反対派が存在するのだろう。

「そういう事情ですので、ＳＮＳなどでの情報発信はご遠慮いただきたいのですが、守っていただけますか？　そこだけご了承いただけるなら、後ほど離れにご案内いたしますので」

「もちろん！　必ず守るからぜひ案内してよ！」

澪が答えるより早く、リアムが待ちきれないとばかりに嬉しそうに頷く。

リアムはそもそも人との距離感が近いけれど、今日はよほど興奮しているのか、いつも以上だった。

しかし、楓はとくに戸惑う様子も見せず、リアムに微笑んでみせる。そして、廊下の途中で止まり、「桐《きり》」と書かれた表示が架かる部屋の戸を開けた。

「お部屋はこちらの桐の間に男性四名様、ひとつ奥の蘭《らん》の間に女性二名様でご用意させていただきました。……さきほどの件は、後ほどまたご説明に上がりますね」

「ありがとう！」

楓は喜ぶリアムに頷くと、まず男四人を部屋に通し、続けて澪たちを蘭の間へと案内した。

戸を開けると、まずは玄関にあたる二畳程の踏込《ふみこみ》があり、障子の奥に広がっていたのは、広縁《ひろえん》のついた十畳程の和室。

広縁からは美しい日本庭園を見渡すことができ、澪は吸い寄せられるように窓辺へ近寄る。

すると、庭の左奥の方に、植木で隠れた小さな建物の瓦《かわら》屋根がチラリと見えた。庭からは石畳で繋《つな》がっているようだが、なんだかひっそりとしている。

「あちらが、例の離れです」

つい見入ってしまった澪に、ふいに楓が説明をくれた。

それを聞いた途端、庭の風景が急に不穏に映り、澪は思わず窓から一歩離れる。

「あれが……」

「ええ。以前は茶室として使っておりましたが、数年前に茶室を別に造り、それを機に先代が展示室へと改装しました。お客様が楽しめるものをという意向でしたが、実際のところ、先代のコレクションを理解できる方もそう多くはなく……、まさに、皆さまのように別の目的でいらっしゃる方の方がずっと多いように思います」

「……そんなこと言っちゃっていいんですか？」

「できれば、ここだけの話にしていただけると」

いたずらっぽい笑みを浮かべる楓を見て、澪は思わず笑った。

口調も態度もとても丁寧だが、どこか砕けた雰囲気が親しみやすさを醸し出している。

展示を中止しているという想定外なこともあったけれど、担当の仲居が、いわゆる〝賛成派〟だったことは唯一の幸いだった。

「では、後ほど参りますので、ごゆっくりなさってくださいね」

やがて、楓はそう言い残して部屋を後にする。

戸が閉まった瞬間、ずっと静かにしていた沙良が、突如口を開いた。

「お若いのに、ずいぶん慣れていらっしゃいましたね」

「さっきの仲居さん？……楓さんだっけ。確かに、リアムのバグッた距離感にも動揺ひとつ見せなかったよね。やけに肝が据わってるっていうか」

「もちろんそれもですが、いわゆる愛好家の対応に慣れていらっしゃるというか。……むしろ、煽《あお》っているような雰囲気すら」

「そ、そうかな。私はそこまでは……」

否定したものの、改めて思い返してみると、沙良の言わんとすることがわからなくもなかった。

賛成派だと考えると決して不自然ではないが、確かに、少し楽しんでいるような雰囲気があったことは否定できない。

「とはいえ、いずれにしろこちらにとって好都合であることに変わりはありませんから、私たちは楓さんの思惑通りに煽られ、あわよくば新たな情報を聞き出したいですね」

「……う、うん」

「どうしました？」

「楓さんもだけど、沙良ちゃんの方がよっぽど肝が据わってるなって。冷静だし、私はいつも感情任せだから見習わなきゃ……」

それは素直な気持ちだったけれど、濁した語尾のせいか、思いのほか卑屈に響いた。

澪は慌てて挽回《ばんかい》するための言葉を探す。

「あ、今のは別に変な意味じゃなく……」

「私がなりたい姿は、澪先輩ですよ」

「さ、沙良ちゃん……」

「澪先輩一択です」

「…………」

真顔で言い切る沙良の表情には、有無を言わせない迫力があった。

けれど、そのお陰か、途端に細かいことがどうでもよくなり、澪は思わず笑う。

「絶対やめた方がいいと思うけど、でも、ありがとう。なんか元気出た」

「澪先輩、私は本気で言っています。私が澪先輩に感じている価値は絶大なもので、たとえ澪先輩ご本人であっても覆すことはできません」

「かいかぶりすぎだよ……。それに、あまり完璧《かんぺき》な像を作られても、期待に沿えないっていうか……」

「像なんてありません。今この瞬間のありのままを尊敬しています」

「…………」

言えば言う程追い込まれ、もはや澪には曖昧《あいまい》に笑うことしかできなかった。

そのとき、ふいに携帯がメッセージの受信を知らせる。

開くと、ディスプレイに表示されたのは、晃からの「一度こっちに集合」という短い文章。

褒められ慣れずに戸惑っていた澪は、密《ひそ》かにほっとしつつ、携帯の画面を沙良に向けた。

「晃くんが呼んでるから、行こう」

「ええ」

鮮やかな笑みを見て、澪は胸を撫《な》で下ろす。けれど、気持ちが落ち着いた途端、まっすぐに褒めてくれた沙良の真剣な表情が頭に浮かび、なんだか胸が締め付けられた。

澪は、一度は踏み出した足を止める。

「……あのさ、一応言っておくけど、沙良ちゃんは強いし賢いし、ありのままで十分だから、他の人を目指す必要なんてないんだよ。……これも、たとえ沙良ちゃん本人にも覆せない私の意見だから、一応心に留めておいてね」

「澪せんぱ……」

「この話は終わり。ほら、行くよ」

一方的に言い逃げした理由は、反論させないためもあったけれど、単純な照れ隠しだった。

そういうところもまた、自分の思いをまっすぐに話す沙良に叶《かな》わない部分だと自覚しているが、どうにもならない。

先に玄関を出ると、すぐに追いついた沙良が澪の横に並ぶ。

かすかに浮かべた嬉《うれ》しそうな笑みを見て、澪はなんだかくすぐったい気持ちになった。

桐の間は、蘭の間よりもずっと広く、居間とは別に寝室が二室と総檜《ひのき》の浴室がついた、見るからに高そうな部屋だった。

以前、マメの捜索のために山梨《やまなし》の清里《きよさと》高原へ行ったときは、東海林がホテルを手配してくれ、驚く程広い部屋に泊まらせてもらったけれど、和の空間はそれとはまた違い、なんだか厳かな雰囲気が漂っていた。

部屋では、リアムが浴衣《ゆかた》を広げて楽しそうにはしゃぎ、次郎はいたっていつも通りの様子で座敷机の上でパソコンを開いている。

こんな場所にいてもなお、次郎の周囲だけオフィスに見えてしまうから不思議だ。

「ジロー、浴衣着ようよ！」

「必要ない」

「え、着ないの？　せっかく旅館に来たのに……？　雰囲気出なくない……？」

「要らないだろ、雰囲気なんて」

次郎はパソコンから視線を外さず、リアムを適当にあしらう。

しかし、高木がやれやれといった様子で苦笑いを浮かべた。

「別に今じゃなくてもいいけど、旅館に来て浴衣着ないなんて逆に目立つよ」

「浴衣じゃ式神を持ち歩けない」

「確かに袂《たもと》じゃちょっと頼りないけど、茶羽織には内ポケットがあったよ。こっちはリアムのお陰でただでさえ目立ってるんだから、これ以上浮かないようにしないとまずいでしょ」

高木の言葉には反論の余地がなかったのだろう、次郎はなにも言わず、いかにも不本意そうに眉《まゆ》を顰《ひそ》める。

言い負ける次郎は珍しいが、確かに高木の言うことには一理あった。

ただ、平然と嗜《たしな》める高木は、目立ってしまう理由に、リアムだけでなく自分の風貌《ふうぼう》が大きく関係していることにはあまり自覚がないらしい。

「っていうか……、このメンツで浮かないのは私くらいですよ……」

澪が思わずそう呟《つぶや》くと、晃が堪《こら》えられないとばかりに笑う。

「それも澪ちゃんの個性じゃん」

「……また馬鹿にして」

「自分で言ったくせに」

「人から言われたら傷付くの！」

いつもの言い合いが始まりそうになった瞬間、次郎がパタンと音を立ててパソコンを閉じた。

「……とにかく、一旦《いったん》目的を整理しておくが、今回は調査でもなんでもなく様子見だ。運良く離れに行けることにはなったが、従業員にあまり踏み込んだ質問をするな。とくにリアム」

「も、もちろんだよ。わかってる……」

「澪と高木は、少しでも異変を感じたらすぐに報告しろ。澪はたとえなにかを視《み》ても勝手に深追いするなよ」

「了解です……」

「溝口は引き続き、ネットでここでの噂を集めてくれ」

「おっけー」

次郎の指示により、混沌《こんとん》としていた場が瞬時に収まった。

そのとき、戸をノックする音が響き、「失礼いたします」という声とともに、踏込と部屋を仕切る障子がスッと開く。

現れたのは、楓。

楓は美しい所作でぺこりと頭を下げた。

「皆さんこちらのお部屋にいらしたんですね。お食事も、こちらのお部屋に六名さま分をご用意しましょうね」

「あ、はい……、お願いします……」

「ところで、例の件ですが……」

楓が例の件と口にした途端、澪たちの間に緊張が走る。

あくまで愛好家を演じている手前、あまり神妙な顔をするわけにはいかないという思いが、かえって澪の動揺を煽《あお》った。しかし。

「例の件って離れのことだよね！　案内してくれるの？　いつ？　今？」

途端に目を輝かせたリアムを見て、澪はほっと息をついた。

リアムにはヒヤヒヤさせられることも多いけれど、こんなふうに神妙さとは無縁の空気を出せる人間は、この中にリアムしかいない。

同行してくれてよかったと、澪はしみじみ思った。

「ご案内差し上げるのは、仲居たちが夕食準備に入ります十七時以降がよいかと思うのですが、いかがでしょうか。お食事前の時間でしたら、温泉をご利用になるお客様が多く、人目も避けられますから」

「なるほど……！　名案だね、ありがとう！　是非お願いするよ！」

「承知いたしました。……では、時間になりましたら改めて参りますね」

楓はそう言うと、ふたたび頭を下げて部屋を後にする。戸が閉まる小さな音が響いた瞬間、ふいに晃が首をかしげた。

「ってか、あの仲居さん、妙に乗り気だよね」

どうやら、晃も楓に対して沙良と似たような印象を持ったらしい。

確かに、澪たちにずいぶん協力的であることは否めなかった。

閑散とする時季に訪れる客はありがたいと言ってはいたが、それだけでは説明がつかないくらいに。

ただ、だからといって、なにか裏があると考えるのは、いくらなんでも警戒しすぎな気がした。

それに、万が一にも楓が仁明の差し金だったとして、晃や沙良が違和感を覚える程積極的に絡んでくるとは考え辛《づら》い。

仁明ならば、もっと巧妙な接近方法をいくらでも持っているはずだ。

晃も同じ結論を出したのだろう、それ以上はなにも言わず、気付けばいつも通りの調子に戻っていた。

「澪先輩、一度部屋へ戻って着替えましょう」

「うん、そうだね」

つい考え込んでいた澪は、沙良に言われて途端に我に返る。

十七時まではあと四十分程。

澪たちは浴衣に着替えるため、ひとまず桐の間を後にした。

浴衣に着替えて髪をまとめた沙良は、澪とまったく同じものを着ているとは思えないくらいに艶《つや》やかな佇《たたず》まいだった。

普段から高価そうなものを身につけているけれど、浴衣姿の沙良を見て、沙良の醸し出す上品さは持って生まれたものなのだと改めて実感する。

「沙良ちゃんって、本当に綺麗《きれい》だよね。横に並ぶの躊躇《ためら》っちゃう……」

思わず本音が漏れた澪に、沙良は鮮やかに微笑み、くるりと回って見せた。そして、ぼんやりと見惚《みと》れる澪の帯にいきなり手をかけ、スルリとほどく。

「ちょっ……、せっかく着たのに……！」

「美しく見せるコツがありますので、よかったら」

「え……？　コツ……？」

「ええ。私にお任せください」

沙良はそう言うと、慣れた手つきであっという間に澪の浴衣を整え、ふたたび帯を結んだ。

改めて鏡の前に立ってみると、確かに、自分で着付けたときと比べ、なんだか熟《こな》れた雰囲気が出たように思える。

「す、すご……。さっきは完全に着られてたのに、全然違う……！」

「和服は、抜き襟《えり》や前合わせなどの些《さ》細《さい》なポイントで印象が変わりますし、帯の太さによって、美しく見える結び方があります。これで、私と同じです」

「お、同じではない、けど……。すごくよくなった感じがする……！」

沙良は育った環境により自他ともに認める世間知らずであり、澪たちにとってごく当たり前の物事を知らないなんてことは、これまでに何度もあった。

だから、一緒にいるとつい放っておけないような気持ちになるけれど、一方で、ときどきこうして教養の高さを実感する瞬間がある。

綺麗に着付けられた浴衣姿を鏡でまじまじと見ながら、澪は心から感心していた。

「すごく手際がよかったけど、着付け習ってたの？」

「ええ、子供の頃のことですが、お茶やお花と一緒に習いました。ピアノに夢中だった当時の私にとっては、少し退屈に感じていましたが……、こうして澪先輩のお役に立てたのなら、あれも意味のある時間だったと思えます」

「大袈裟《おおげさ》……！」

　澪が笑うと、沙良も嬉《うれ》しそうに微笑む。

　そのとき、ふいにノックの音が響いた。

　戸を開けると、廊下で待っていたのは、次郎たちと楓。

「これから離れにご案内しますね」

　そう言われ、途端に緊張が走った。

　澪は頷《うなず》き、沙良と一緒に部屋を出ると、楓の後に続く。

　楓は廊下を正面玄関とは逆に向かって進み、突き当たりにある、おそらく従業員用と思われる簡素な通用口の前で一旦足を止めた。

「正面玄関から出て庭を横切るという行き方もあるのですが、そうすると客室から見えますし、できるだけ人目に付かないようにしたいので、こんなところからで申し訳ありません」

　確かに、澪たち六人組が庭をぞろぞろと移動すれば、目立つのは明らかだった。

　そんなことをしたら、澪たちはともかく、案内してくれる楓に迷惑がかかりかねない。

「こちらがお願いしてるんですから、謝らないでください……！　こっそり行きましょう」

「ありがとうございます。ここから出れば、離れはすぐそこですので」

楓は計画こそ慎重だけれど、表情はいかにも楽しげで、少し勿体《もったい》ぶった仕草で引き戸を開けた。

磨《す》りガラスが嵌《は》め込まれた戸は、そっと開けてもカラカラと独特な音が響く。楓は周囲を注意深く確認しながら一人分の隙間を開けると、澪たちを外へ案内した。

外はいつの間にか日が落ちていて、たちまち冷たく締まった空気に包まれる。

気温は一段と下がっていたけれど、庭は灯籠《とうろう》で照らされていて、その美しさに澪は一瞬寒さを忘れた。

「この光景を見ながら縁側で過ごしたら、きっと最高だろうね……！」

感嘆の声を上げたリアムに、晃が唇の前で人差し指を立てる。

ただ、今ばかりは澪もリアムの気持ちに共感していた。

そんな中、楓は暗い方へ向かってまっすぐに石畳の道を進む。

やがて、縁側からも見えていた小さな建物の前で足を止めると、「立ち入りはご遠慮ください」と書かれた札が下がる竹製の柵《さく》をそっと開け、澪たちを中へ促した。

「ここが離れです。どうぞ」

以前は茶室だったというだけあって、それは、小さいながらに情緒溢《あふ》れる佇まいだった。

改装したという話だったけれど、建物の右手には、茶室の特徴であるにじり口と呼ばれる小さな入口の形跡が残っている。

「あの入口って、武士が刀を持って入れないようにっていう意味があるんだよね？　確か、昔の有名な茶人が考えたってなにかで読んだなぁ」

リアムが興奮気味に澪の袖《そで》を引く。

「そ、そうなんですか……？」

あまり知識がなく逆に感心する澪に、晃が笑い声を零《こぼ》した。

「千利休《せんのりきゅう》だよ。茶室では皆平等って考え方で、帯刀したまま入れないようにしたの。……ってか、その話、後でね」

晃は親切に説明をくれたものの、興味は完全に離れの中へ向いているらしい。

庭の端にぽつんと建つ建物が醸し出す怪しさに、心霊マニアの血が騒いでいるのだろう。

確かに、離れの周囲には、胸がざわめくような不穏さがあった。いかにも浮遊霊が集まってきそうな異様な空気が立ち込めている。

ただ、いつも気配に敏感なマメが姿を現さないところを見ると、今のところ、目立って危険な気配はないらしい。

やがて、楓は入口の引き戸の鍵《かぎ》を開け、振り返って澪たちに手招きした。

「ひとまず土間へお入りください」

言われた通りに足を踏み入れると、内装は、茶室の余韻を残す外観とは違い、上り框《かまち》のある一般的な玄関だった。

正面は障子で閉ざされていて、土間に七人入るとかなりの圧迫感がある。

楓は全員を中に通すと、注意深く引き戸を閉め、小さな照明を点《つ》けてほっと息をついた。

「この奥の展示スペースは、改装の際に展示品の劣化を考慮して外からの光が入らないような構造にしておりますが、玄関の方は磨りガラスですし光が漏れますので、暗くてすみません……。足元、お気をつけくださいね」

「わ、わかりました……」

ふと、楓はどれくらいの頻度でここを案内してきたのだろうという疑問が浮かんだ。

というのも、楓の案内は、晃や沙良でなくても違和感を覚えるくらいに、完璧《かんぺき》な段取りだった。

その上、離れの改装事情や構造についても妙に詳しい。

やがて、楓は正面の障子に手をかけると、一度振り返って意味深な笑みを浮かべる。

「コソコソと移動させてしまい、申し訳ありませんでした。ようやくこの先が、例の展示スペースになります」

演出なのか、楓はやや台詞《せりふ》めいた口調でそう言った後、障子をスッと開いた。

そして、ついに開かれた和室に広がっていたのは、薄暗い中壁一面にずらりと並ぶ、

——人の顔。

「っ……！」

澪は一瞬なにが起きたのかわからず、声にならない悲鳴を零した。

一方、次郎はいたって冷静に部屋を見回す。

「なるほど、能面か。……気味の悪い面のコレクションと聞いた時点で、予想はしてたが」

「能面……、って……、能楽の……？」

理解すると同時に、澪はようやくわずかに落ち着きを取り戻した。

とはいえ、異様な光景であることに変わりはなく、思わず次郎の背後に隠れる。

次郎はそんな澪にすっかり呆《あき》れていたけれど、部屋に足を踏み入れた途端、突如、眉《まゆ》を顰《ひそ》めた。

その理由を理解したのは、澪もその後に続いて部屋に入った瞬間のこと。

部屋の中に満ちた重い空気に、全身の肌が一気に粟立《あわだ》った。

それはなんだか異様で、明確に悪霊の気配であるとは言い難く、けれど、あまり感じたことのない底冷えするような空気が充満している。

一方、リアムはずいぶん気に入ったらしく、感嘆の声を上げながら興味深そうに能面

を眺めた。

澪はとてもそういう気分になれず、とはいえこの部屋の中ではどこを見ても能面と目が合ってしまい、畳に視線を落とす。

「ここ……、なんだか……」

楓の手前、不気味だなんて口には出し辛《づら》く、澪は言葉を濁した。

すると、そのとき。

「……見たところずいぶん古いですし、かなり希少なものに見えますが、これらをどこで？」

そう問いかけたのは、次郎。あまりの異様さに、出所が気になったのだろう。

しかし、楓は曖昧《あいまい》に首をかしげた。

「そこまでは存じ上げませんが、希少なものであることは確かです。ただ、能面には室《むろ》町《まち》時代から継承されてきた本面と、比較的近代に造られた模倣品が存在するのですが、ここにあるものはすべて模倣品だと聞いています。とはいえ、中には有名な能面師によって百年以上前に彫られた品もありまして、それらは高い価値があるとのことです」

「……楓さんって、能面の知識もお持ちなんですか？」

淀《よど》みのない説明に驚いた澪が尋ねると、楓は少し困ったような笑みを浮かべる。

「いえ、ごく表面的な知識だけです。展示を始めるときに、お客様にご説明できるようにと多くの知識を叩《たた》き込まれまして。ただ、能楽はとても長い歴史のある奥の深い芸能ですから、無知な人間が付け焼き刃で知識を身に付けようとしても限界があり……。結局、それぞれの面の下に詳しい解説を掲示することになりました。なので、詳しい情報は、よろしければそちらをご覧ください」

そう言われて見てみると、確かにすべての能面の下には、細かい文字がびっしりと並ぶ説明文が掲示されていた。

とはいえ、どれも冒頭から専門的な言葉がずらりと並んでいて、澪は早々に理解を諦《あきら》め視線を外す。

すると、沙良が澪の横に立ち、突如一枚の能面を指差した。

「こちらはいわゆる小面《こおもて》と呼ばれるものですね。能では女性の役割を演じるときに広く使用されます。能面と聞いて真っ先にこの面を思い浮かべる方も多いかと思いますが、澪先輩はご存知ですか？」

突然の流暢《りゅうちょう》な解説に、澪は目を見開く。

「沙良ちゃん、詳しいの……？」

「詳しいと言える程ではありませんが、数年前までは、年明けに父と能を観に行く習慣がありまして。父は能がとても好きで、私にも理解できるようにいつも丁寧に解説をしてくれましたから、次第に興味を持ちました。もう何年も観ていませんが、能面を見ると少し懐かしい気持ちになります」

「そう……、なんだ……」

ただただ気味が悪いと思っていた能面が、沙良にとっては父親との懐かしい思い出なのだと思うと、ほんの少し恐怖が和らいだ気がした。

「これ、小面っていうんだ……。確かに、よく見るような……」

澪はおそるおそる小面に視線を向ける。

それは、のっぺりとした輪郭に切れ長の目と薄い唇が彫られた女性の面。沙良が言うように、能と聞いて自然に想像するくらい、どこか既視感のあるものだった。

「これは、能で使われる面の中では汎用《はんよう》性の高い、中間表情と呼ばれるものです。こうして正面から見ると無表情に見えますが、面を向ける角度によって、怒って見えたり笑って見えたりします。……澪先輩、この小面の上下をご覧ください」

「上下……？」

言われた通りに上下を見ると、まったく同じ小面が縦に三面並べられていた。

沙良が言ったように、目線の位置によって表情が違って見え、澪は驚く。

「本当だ……」

「上下だけでなく、小面はよく見ると左右非対称ですので、左右の角度でも表情が変わります。もちろん、小面の表情を多様に見せる要因は角度だけではなく、演じる者の技量によるものが大きいのですが、重要な要素であることは確かです。……それにしても、ここの展示はただ並べるだけでなく、なにも知らない人間にも楽しめるよう工夫がされているのですね。能への愛情を感じました」

懐かしむように語る沙良の説明に、いつの間にかリアムや晃までもが聞き入っていた。

普段あまり前に出たがらない沙良は、いつの間にか注目を浴びていたことに驚いたのだろう、途端に我に返り、戸惑ったように瞳《ひとみ》を揺らす。

「すみません、……余計なことを」

「なんで？　続けてよ」

澪よりも先に声を上げたのは、意外にも晃だった。

「溝口さん……」

「僕、能楽にはぜんっぜん興味なかったんだけど、話を聞いてたらちょっと面白くなってきたから」

「ですが……」

「あの超怒ってるのは何役の面？　ラスボス？」

「あ……、あれは鬼神です……」

「鬼の神って書くやつ？　字面やば」

思えば、沙良が突然入社を希望し第六へやってきた当時、晃は沙良に対してお世辞にも友好的とは言えない態度を取っていた。

晃は元々粘着質なタイプではないし、入社が決まってからはいたって普通に話していたけれど、仕事の内容以外の会話を交わす光景を、澪はほとんど見たことがない。

だから、こうして少し打ち解けたような雰囲気を見ると、なんだか微笑ましい気持ちになった。

ただ、晃たちが話題にしていた鬼神面は、金色の眼球を剝《む》き出しにして睨《にら》む威圧的なもので、沙良はあまりの迫力に直視することができない澪を気にしながら、遠慮がちに説明を続ける。

「鬼神面のように表情がはっきりしているものは、中間表情とは逆に瞬間表情と呼ばれます。確かに鬼神は厳しい表情をしていますが、神様ですので、剝き出しにした目や大きな口は、超人的な力を表現しています」

「へー……、てっきり悪役かと思ったけど、神様なんだ。まー確かに仁王様みたいなムキムキで怖い神様もいるしね」

「ええ。ちなみに、脅威の存在としては、あちらにある般若《はんにゃ》の面などがそれにあたります。あちらも鬼神と同じく瞬間表情で、角と禍々《まがまが》しい表情が特徴的です」

続けて沙良が差したのは、小面と同じくらい見覚えのある、恐ろしい表情の面だった。

禍々しいという表現の通り、目は吊《つ》り上がり、大きく開いた口からは鋭い牙《きば》が生え、頭には二本の角がある。ただでさえ恐ろしいというのに、部屋が薄暗いせいで目の下に暗く落ちた影が、それをさらに助長していた。

澪は後ろで説明を聞きながら、これが客室に飾られていなくてよかったと、心底思っていた。

そのとき、沙良の説明を黙って聞いていた楓が、感心したように目を輝かせる。

「お連れ様は本当にお詳しいんですね……。私なんかが拙い説明を差し上げてしまって、なんだか恥ずかしくなってきました」

「そんな……、彼女は少し特別ですから。私なんて、あまりに怖くて説明が頭に入ってきてないですし……」

怖いのは能面のせいだけでなく、この部屋の空気をひっくるめての感想だったけれど、楓は可笑《おか》しそうに笑った。

「よくわかります。こんな怖《おそ》ろしい顔に囲まれたら、落ち着かないですよね。ちなみに、般若やあやかしなどの怖い顔をした面は正面の壁に集中しているので、小面の並ぶ左側を向いていれば少しマシかもしれませんよ」

そう言われて左側を向くと、たちまち小面と目が合って背筋がゾクッと冷える。

正直、澪にとっては、般若よりもむしろ小面の方が怖ろしく感じられた。表情が曖昧だからこそ、見ていると不安になるような薄気味悪さがある。

「……小面は小面で、なに考えてるかわかんない感じが怖いです……」

すると、楓は小さく笑い声を零《こぼ》した。

「確かに、お面の表情が変わるって怖いですもんね。瞬間表情は逆にわかりやすいかもしれません。実際の能でもここぞってときに派手に登場しますから、むしろ華やかさすらあるというか」

「そ、そう、なんですね……」

華やかという表現にはさすがに共感し難いけれど、わかりやすいといわれると、確かにその通りだと澪は思う。

ただ、いずれにしろこの部屋の居心地は最悪で、澪はこっそりと部屋の入口まで下がった。

「で、噂ではこれが動くんだっけ？」

一方、リアムや晃は興味津々の様子で楓に質問を投げかける。

「ええ、そういう噂をチラホラと耳にするようになりました」

「こんな不気味なのが動いたら超やばいじゃん。仲居さんも視《み》たことあるの？」

「いえ、私はありませんが……、視線を感じたと話す仲居なら何人もいます。お話しした通り、当旅館はもちろんそんな噂を是としていませんので堂々と口にする者はいませんが、今や、誰もここには近寄りたがりません」

「そうなんだね……。僕は羨《うらや》ましいけどなぁ。こんな美しいお面が動くなんて、すごく神秘的だと思う……！」

「……その言葉、仲居たちが聞いたら言葉を失ってしまいそうです」

リアムのずれた感想に、楓は苦笑いを浮かべた。

そんな会話を傍《はた》から聞きながら、澪は小さく溜《た》め息をつく。すると、次郎が澪の横に並んだ。

「どうだ？」

短い質問の意味は、確認するまでもない。

澪は少し考え、首を傾げる。

「この部屋に入った途端に空気が変わりましたし、異様だとは思います。……いろいろ出そうだなとは思うんですけど……」

正直に言ってしまうと、この部屋がいったいどういう状態なのか、澪にはよくわからなかった。

ひとつだけはっきり言えるのは、少なくとも、集落で木偶《でく》人形に追われたときのような独特な禍々しさは感じられないということ。

マメが相変わらず姿を現さないことも、ひとつの安心材料だった。

けれど、それを加味してもなお、ここには上手《うま》く説明ができない妙な不自然さがある。

澪が言い淀《よど》んでいると、次郎は顎《あご》に手を当て瞳を揺らした。

「……人形と同じで、人の顔を模したものにはそもそも念や魂が宿りやすい。おまけに百年以上前のものだとすれば、なにがどれだけ憑《つ》いていても不思議じゃない」

「なにがどれだけって……。放っておいたら危ないじゃないですか……」

次郎の言葉に全身が冷え、澪は体を摩《さす》る。

しかし、次郎は首を横に振った。

「俺が言いたいのは、そういう意味ではこの部屋の異様さはとくに不自然じゃないってことだ。……ただ、それらが必ずしも人を脅かすとは言い切れない。よほど酷《ひど》い扱いを受けていれば別だが、そうも見えないからな。……とはいえ、これだけ気配があれば、たとえ変な奴が紛れていても、それが隠《かく》れ蓑《みの》になって見付け難《にく》くなる」

「変な奴……？」

「たとえば、霊能者がなにかを仕込んでいたり、とか」

「…………」

霊能者と聞いた途端、心臓が大きく鼓動を打った。

澪たちの間での霊能者とは東海林か仁明の二択だが、次郎が口にしたのは明らかに後者。

指先が震えだし、澪は両手を強く握り込む。

しかし、次郎はそんな澪を見て小さく肩をすくめた。

「あくまで可能性の話だ。……なんの根拠もない」

「そう、ですけど……」

「現段階では、ここで起きていることはよくある心霊現象に過ぎないと思う。これだけ気配があれば、面が実際に動いたとしても別に不思議じゃない。……まあ、ほとんどは思い込みによる見間違いだと思うが」

「じゃあ、今のところは仁明とは無関係だと考えてますか……？」

「いや、まだそこまでは言い切れない。……多少気になることもあるしな」

「気になること……？」

尋ねたものの、次郎はそれ以上言わなかった。

おそらく、次郎の中でもまだ曖昧《あいまい》な部分が多いのだろう。

「……にしても、こんな展示をしていたら、なにもなくても噂が広がりそうですよね。学校の音楽室の肖像画とか、理科室の人体模型みたいな感じで」

「まさに、そういうことだろ」

「それに、親切でやってくれているので言い辛《づら》いですが、楓さんの案内ってなんだか心霊現象ツアーみたいで……。ＳＮＳに載せないよう言ってる割に、これではむしろそれを煽《あお》りかねないっていうか」

「……確かに」

次郎に同意され、澪は改めて今日のことを思い返した。

考え過ぎかもしれないが、今思えば、宿泊客が少ない中で、移動も必要以上にこそこそし過ぎていた気もしているし、澪たちを展示室に通すときも、ずいぶん勿体《もったい》ぶっていたように思える。

これでは、半信半疑でやってきた人間ですら、さもなにかありそうな印象を受けるだろう。

現に、リアムや晃はすっかり夢中になっていた。

「心霊現象で客寄せしなきゃいけないくらい、冬場の営業は厳しいんでしょうか」

「わざわざ茶室を新設するくらいだから、そう深刻でもないだろ。それに、玄関や客室に無造作に置いてあったのは希少な有田《ありた》焼だ。……まあ、経営状況のことは調べればわかるが、今は仲居の思惑よりも噂の真相だな。いつものように離れを好きに探るわけにはいかない以上、基本受け身にならざるを得ないが……、なにかが起こらなければ肝心な仁明との関わりを判断しようがない」

「……そうですね」

次郎が言うように、仁明が関わっていないのならば、楓の不自然さをわざわざ取り沙《ざ》汰《た》する必要はない。

今の澪たちにとって重要なのは、ここでの噂の真相と、それが仁明と関連するかどうかだ。

ただ、前者に関しては、もはやこの部屋に入った瞬間からすでに確信に近い予感を覚えている。

澪はいまだに騒いでいるリアムたちの様子を眺めながら、なにかが起きてほしいようなほしくないような、複雑な気持ちを抱えていた。

食事を済ませた後、澪は沙良に誘われ温泉へ向かった。

澪としては部屋の浴室でも十分だったけれど、今回は、機材を仕掛けることもできず、もちろん必要以上に館内を物色するわけにもいかないとあり、言ってしまえば手持ち無沙汰だった。

　遅い時間だったせいか、露天風呂《ぶろ》は貸切状態。防水ケースに式神を入れて入浴せざるを得ない澪としては、人がいないことはとても好都合だった。

　沙良は露天風呂に浸《つ》かると、夜空を見上げてゆっくりと息をつく。

　沙良の美しさは、入浴中ですら一分《いちぶ》の隙もない。けれど、上気した顔が少し幼く見え、このまま旅館のパンフレットとして成立しそうな光景だと、澪は密《ひそ》かに思っていた。

「温泉に入りながら星を見たり、自然の風を浴びられるなんて、考えてみたらとても贅《ぜい》沢《たく》ですね」

「えっ……？　あ、うん……」

「どうしました？」

「い、いや……。ってか、露天風呂はさすがに初めてじゃないよね？」

見惚《みと》れていたなんて言えず、澪は慌てて思いついたまま質問を投げる。

　すると、沙良は少し考え、首を横に振った。

「ずいぶん昔ですが、母と入りました。母には少し神経質なところがあり、そもそも温泉自体をあまり好んでいませんでしたから、一度だけです」

「じゃあ今日で二回目？」

「ええ。友人と旅行して温泉に入ったりなど、そういう体験に少し憧《あこが》れていましたが、学生の頃は父がまだ過保護でしたので叶《かな》わず……。父が母と私に対する関心を徐々に失ってからは、母のことが気がかりでそれどころではありませんでしたし」

「……そ、そっか」

　サラリと壮絶な過去を語る沙良に、澪は戸惑う。

ただ、こうして語れるということは気持ちの整理がついている証《あかし》なのだと、澪はあえてなにも聞かなかった。

「じゃあ、今日はどうせ仕事なんてできないんだから、友達と温泉に来たような気持ちでリラックスしてよ」

「そんな……、澪先輩を前にそんな恐れ多いこと、とても……」

「いやいや……、普通に考えれば恐れ多いのはむしろこっちだし……。ただ、今日は業務外なんだから、こういう時間くらい肩の力を抜いてくれてもいいのになって思っただけだよ。って言っても押し付けるつもりはないから、あまり構えないで」

　そんなことを言いながらも、澪は、たとえ業務外の調査であろうと終始緊張していた少し前の自分と沙良を重ねていた。

　次郎からは、そんな調子では持たないとたびたび言われてきたけれど、逆の立場になるとその意味がよくわかる。

ただでさえ沙良は常に気を張っているように見えるし、しかも澪にまで恐縮しているなんて、あまりに無駄で不憫《ふびん》に思えてならない。

すると、沙良はしばらく澪を見つめ、それから穏やかに微笑んだ。

「……澪先輩は、人の気持ちをほどくのがとても上手ですね」

「ほどく……？」

「ええ。……では、澪先輩。ひとつお言葉に甘えてもいいですか？」

「うん？」

「もし、誰かと温泉旅行をするようなことがあれば、やってみたいと思っていたことがあるのですが、お付き合いいただけますか……？」

「いいけど、なに……？」

お言葉に甘えてと言いながらもやけに改まられ、澪は身構える。

すると、沙良はずいぶん間を置き、それから覚悟を決めたように口を開いた。

「……卓球です」

「……は？」

「浴衣《ゆかた》で、卓球」

「…………」

そのあまりに真剣な表情に、一瞬、卓球という単語が壮大なものに聞こえ、澪は混乱した。

しかし、意味を理解した途端に思わず笑う。

「卓球って……。っていうか、温泉で卓球するみたいなベタなシチュエーション、どこで知ったの？」

「漫画です」

「沙良ちゃんって、漫画読むんだ……？」

社会との接触を極端に制限されていた沙良が漫画を許されていたなんて、意外な事実だった。

すると、沙良はゆっくりと首を横に振る。

「いいえ、父には止められていましたが、いろいろあった時期に少しずつ積もった父への反抗心から、たった一度だけ目黒《めぐろ》に頼み買ってきてもらいました。……そこに、そういうシーンがありまして、それがとても楽しそうで」

「へ、へえ……。まあいいんだけど、その漫画、どんな話だったの？」

「学園の日常を描いた作品です。とても熱い友情が描かれていました。ときに喧嘩《けんか》をして血を流し、友人と連れ立って改造したバイクを乗り回し、アジトと呼ばれる廃ビルに夜な夜な集まり……」

「……ヤンキー漫画じゃん」

「すべてにおいて、私がまったく知らない世界でした」

「むしろ私も知らない世界なんだけど、目黒さん、なんでそんなの選んだの……」

　沙良の目付け役である目黒という人物には、いろいろと謎が多い。

　沙良の要望になんでも応《こた》え、第六への入社に関しても黙認しているところを見ると、父親に情報を流しているわけではないようで、それどころか沙良にかなり協力的だ。

「わかりません。人気があるものを適当に選んだのかもしれません」

「ってか、目黒さんはそういうのを反対する立場なのかと思いきや、完全に沙良ちゃん側なんだね」

「ええ。目黒は昔から私の味方です。なんでも叶えてくれますし、たとえ問題が起きたとしても、私が不利にならないよう上手《うま》く取りなしてくれます。私のためならば、喧嘩上等だと言っていました」

「……な、なるほど……？」

「今度改めてご紹介させてください。今は名目上父の秘書として働いておりますが、私が幼い頃から私の世話役だけをしてくれている、真面目な男です」

「うん。会ってみたいかも。……ちなみに、どんな雰囲気？　ヤンキー漫画買うって聞いて、急に想像が狂っちゃって」

「雰囲気ですか……、ずっと一緒でしたので今さら表現するのは難しいですが、背が高く、身なりにも言葉にもあまり隙のない、目つきの鋭い四十代の男です。目黒に会ったことのある大学時代の友人は、『その筋の人間かと思った』と」

「……なんとなく、察した」

「愛想はありませんが、悪い人間ではありません」

澪は目黒という人物に少し興味が湧いていた。

政財界に影響を与える大物の秘書と聞き、融通のきかないお堅い人物を想像していたけれど、漫画の話を聞いたせいか、意外とそうでもなさそうに思えた。

沙良はわざわざ素性を隠しているし、そこに踏み込むようなことはあまりしたくないが、相手が目黒なら、澪がいちいち気遣わなくとも干渉しすぎてしまったときは上手く躱《かわ》してくれるだろう。というのも、目黒は沙良の父親に察されることなく、奔放極まる沙良の就職活動の手助けをしてきた男だ。

いくら父親からの興味が薄れているといっても、第六のようないかにも怪しい会社への入社すら目に付かないよう手配しているとなると相当なものだ。

「澪先輩……？」

「あ、……ごめん、ぼんやりしてた」

「そろそろのぼせてしまいそうなので、上がりましょうか」

「そ、そうだね。……卓球台、あるかなぁ」

「あれば嬉《うれ》しいですが、この宿の雰囲気には合わないような気もします」

「……確かに。浮きそうだもんね……。まあ、もしなかったら、今度は卓球台があるとこに遊びに行こうよ。私、調べるから」

「え……？」

「ん？」

沙良は一瞬固まり、けれど、すぐに花がほころぶような笑みを浮かべた。澪は少し不思議に思いつつも、笑っているならと気にせず湯から上がる。

途端に、夜のキンと冷えた空気が、長湯した体を心地よく冷やした。

「澪先輩」

「うん？」

「お風呂《ふろ》の後に瓶入りの牛乳を戴《いただ》くのが定説であると聞きましたので、それもやってみたいのですが」

「……絶対それも漫画の影響じゃん……。最近は瓶の牛乳なんてほとんど無くなっ……」

そう言いながら脱衣所に入った瞬間、壁に掲示された牛乳瓶の写真が目に飛び込んできて、澪は固まる。

「……あった」

「ふふっ……」

それは館内にある売店の案内で、どうやら付近の牧場から入荷しているものらしい。

あまりのタイミングのよさに驚く澪に、沙良が珍しく声を出して笑った。

「とりあえず、ひとつはすぐに叶《かな》うね」

「はい。……あと、できれば入浴後のマッサージチェアというものも……。〝マッサージボールが肩甲骨の隙間を無理やりこじ開けにくる〟という表現が気になっていて」

「表現が独特すぎない……？　ていうか、その漫画、やけにお風呂の描写が多いよね……」

「主に銭湯でしたが、確かに多かったかもしれません。同じ湯に入ることで絆《きずな》が深まるのだそうです」

沙良はどうやら、目黒に渡された漫画から多分に影響を受けているらしい。真剣に語る表情がおかしくて、澪は堪《こら》えきれずに笑った。

「罪深いな、目黒さん」

「一時期は夢中になって読んでいました。……澪先輩とお話ししていると、叶えたかった小さなことを次々と思い出します」

「うん……？」

急に雰囲気が変わった気がして、澪は首をかしげる。

しかし、沙良は鮮やかに笑った。

「澪先輩なら、叶えてくれる気がするのかもしれません。……ずっと、自分がしっかりしなければと思ってきましたが、澪先輩と出会ってから、無償の思いやりと言いますか、助けていただくことの温かさを知りました」

「……そんな、大袈裟《おおげさ》な」

「いいえ。私にとっては大きなことです」

沙良はいたって真剣だった。

そんな姿は可愛くもあり、少し切なくもある。

「わかった。……沙良ちゃんが叶えたいこと、思いついた順に全部言ってみなよ。牛乳とか卓球とか、その程度だったら私にも叶えてあげられると思うから」

「澪先輩……」

「とにかく、まずは牛乳だね。肩甲骨の隙間を無理やりこじ開けにくる程乱暴なマッサージチェアは、この旅館にはなさそうだから」

「私、いつまでも待ちます」

いつもはクールな沙良だけれど、瞳《ひとみ》を輝かせている表情はまるでマメのようで、愛《いと》おしさすら覚えた。

このズレたやり取りにも、妙に癒《いや》されている自分がいる。

澪は売店で買った牛乳を嬉しそうに眺める沙良を見ながら、なんだかただの旅行に来たみたいだと密《ひそ》かに思っていた。

残念ながら卓球台はなく、部屋へ戻った澪は、ひとまず次郎に「打ち合わせしますか？」とメッセージを送った。

間もなく届いた返事には「今は必要ない」という簡素な一文。

澪はいつになく緩いスケジュールをふたたび持て余し、広縁の椅子に座ってぼんやりと庭を眺める。

時刻は二十二時過ぎ。

調査なら、これからが本番というタイミングだが、今日に関しては次郎が言った通り、なにかが起こることをただただ受け身に待つ以外にない。

普通はたった一晩の間になにかが起こるとは考えにくいけれど、離れで見た能面の異様さを思い出すと、あながちあり得なくもない予感がしていた。

「澪先輩、どうしました？　大丈夫ですか？」

黙り込んだ澪を心配してか、沙良が向かいの椅子に座り、首をかしげる。

澪は慌てて首を横に振った。

「ごめん、離れで見た能面のこと思い出して。すごく貴重な展示だってことはわかってるんだけど、夢に出てきそうなくらいの迫力があったから」

「確かに、迫力はありました。ただ、明確な禍々《まがまが》しさはないと、夕食のときに長崎さんもおっしゃってましたね」

「うん。だけど、なんだか全体的にざわついてたっていうか……」

離れで覚えた気配についての感想は、次郎だけでなく、高木やリアムも基本的に澪と同じだった。気配は確かにあるものの、それ以上のことはよくわからないと。

「……そういえば、沙良ちゃんはどうだったの？」

考えてみれば沙良はなにも言っていなかったと、澪は改めて尋ねる。しかし、沙良は視線を落とし、首を横に振った。

「私も皆さんと同じでしたので、発言は控えていました。……ただ」

「ただ……？」

「あえて言うならば……、微妙に、人の気配が残っていたような」

「人……？　生きてる人間ってこと？」

「ええ」

「……離れの中に？」

「中なのか外なのかも曖昧《あいまい》で、勘違いとも取れる程のごくかすかなものです。……いい加減なことは言えませんから、自分の心に留《とど》めていました」

「気配、か……」

沙良には、生き霊に敏感という特性がある。つまり、人の気配に対しての察知能力が高い。

ただ、離れに人の気配が残っていたとして、しかも中か外かもわからないとなると、そこまで不自然であるとは思えなかった。

楓のように従業員が入ったのかもしれないし、外ならば、宿泊客が庭を散策していた可能性もある。

ただ、なぜだか、澪の心は妙にざわついていた。——そのとき。

コン、と、廊下の方からかすかな物音が響く。

とても小さな音だったけれど、澪と同時に玄関の方へと視線を向けた沙良を見て、気のせいではないらしいと察する。

「仲居さんかな」

「こんな時間にですか？」

「……だよね。念の為見てくる」

「私も行きます」

澪は沙良と顔を見合わせ、立ち上がって部屋の入口の方へ向かうと、踏込との間を仕切る障子を開ける。

しかし、そこはしんと静まり返り、誰かが入ってくるような気配はなかった。

「鍵《かぎ》はないし、仲居さんなら用があれば開けるよね。……誰かが廊下を通っただけかも」

「……そうかもしれませんね」

澪はひとまず緊張を緩め、一応、確認のつもりで戸を開ける。――そのとき。

「きゃぁっ……」

目の前の光景に、思わず悲鳴が零《こぼ》れた。

異変を察した沙良が、さらに戸を開いて廊下を確認し、目を見開く。

「……どうして、これがこんなところに」

そこにあったのは、離れで見た小面。

廊下の壁に立てかけられ、澪たちの方をじっと見つめていた。上目遣いの表情がなんだか恨みがましく見え、鼓動がみるみる速くなっていく。

固まったまま身動きを取れずにいると、悲鳴を聞き付けたのだろう、突如桐の間の戸が勢いよく開いた。

最初に廊下に飛び出してきたのは、高木。

しかし、駆け寄って小面の存在を確認するやいなや、ビクッと肩を揺らして硬直した。

「な、なんで……」

澪たちとまったく同じ反応をする高木を他所《よそ》に、目を輝かせて近寄ってきたのは、晃とリアム。

晃たちは廊下に膝《ひざ》をついて、まじまじと小面を見つめた。

「すご……！　これ、もしかして勝手にここまで移動したの……？　まじで噂通りじゃん……！」

「きっとこの中になにかが宿っていたんだね……！」

二人の高揚した様子が、澪の動揺を少し落ち着かせた。

すると、後から追いついた次郎が晃たちの間に割って入り、なんの躊躇《ためら》いもなく小面を拾い上げる。

「ジロー、この子、なにを望んでいるの？　どうして訪ねてきたんだろう……！　もしかして、僕たちに心を開いてくれたんじゃな――」

「うるさい」

次郎はテンションの高いリアムを一蹴《いっしゅう》し、小面を観察しながら眉《まゆ》を顰《ひそ》める。そして。

「展開が、あまりにもお誂《あつら》え向き過ぎないか」

いたって冷静な様子で、そう呟《つぶや》いた。

「……できすぎてるってことですか？」

澪が尋ねると、次郎は頷《うなず》く。

「たとえ霊が憑《つ》いていたとしても、物が勝手に動くっていうのは、単純に見えて、心霊現象としてはかなり稀《まれ》な現象だ。相当に強い念が籠《こも》っていなければ、なかなか起こらない。しかも、離れからここまで移動したとすると、もはや怨霊《おんりょう》のレベルだぞ。……にしては、こいつからはたいした気配が感じられない」

確かに、言われてみればなんとなく不自然にも思えた。

霊を視《み》たことなら何度もあるが、物を自由に動かす霊はそう多くはいない。市松人形に憑いた佳代がいい例で、東海林の血を引いている上、強い思いを抱えていながらも、動きはとてもぎこちなかった。

小面を見た瞬間は、その見た目のインパクトに酷《ひど》く動揺してしまったけれど、改めて考えてみればこれといった霊障もない。

「つまり、どゆこと？」

晃が首をかしげる。

しかし、次郎が口を開きかけたそのとき、廊下の奥から二人の仲居が駆け寄ってきた。

「一応言っておくけど、僕らが持ってきたわけじゃなくて、廊下に置いてあったんだよ」

仲居たちは次郎の手の小面を見るやいなや、顔面蒼白《そうはく》で言葉を失う。

晃がすかさず説明すると、仲居たちは戸惑いを残しながらも澪たちに頭を下げた。

「も、申し訳ございません……、すぐに片付けます……」

「ってか、これどういうこと？　なんでこんなとこにあるの？　まさか、勝手に動いたの？」

わざとらしい晃の質問に、仲居は引き攣《つ》った表情で首を横に振った。

「そんなこと、あり得ませんので……」

「でも、実際ここにあるじゃん」

「そ、それは……」

おそらくこの仲居たちは、ここでの噂に対して〝反対派〟の立場なのだろう。目を泳がせながらも、必死に首を横に振る。――すると。

「――お客様、驚かせてしまい申し訳ございません」

突如、仲居たちとは少し違う着物を着た女性が現れ、澪たちに深々と頭を下げた。

「私はここで仲居頭をしております。大変驚かせてしまい、申し訳ございません。……実は、本日団体のお客様が上の宴会場をご利用になっていたのですが、ずいぶん酔っていらっしゃいましたので、持ち出してしまわれたのではないかと。……そちらは私がお預かりしましょう」

仲居頭は、そう言うと次郎の手から小面を抜き取る。

ただ、その説明にはあまりに違和感があった。

「へー。でもそれ、離れに展示してあるやつじゃないの？　その酔っ払い客、どうやって離れに入ったの？」

すかさず疑問を投げかけたのは、晃。

小面を回収してすぐに立ち去ろうとしていた仲居頭が、ぴたりと足を止めて隙のない笑みを浮かべた。

「いえ、こちらは宴会場に飾ってあったものです。見習いの工芸家が模倣して作ったものですので、離れの展示品とは違います」

「宴会場に能面？　怖くない？」

「先代の意向ですので……。では、失礼いたします。おやすみなさいませ」

仲居頭は、それ以上の質問は受け付けないとばかりに仲居たちを連れて立ち去って行く。

静かになった廊下で、澪たちは顔を見合わせた。――そのとき。

「あの小面は、離れに展示されていたものです。見習いの工芸家が作ったものではありません」

突如、沙良がそう口にした。

能に関しての造詣《ぞうけい》が深い沙良がはっきり言い切ると、疑う余地がないくらいの説得力があった。

「……だろうな」

実際に小面に触れた次郎も、どうやら同じことを思ったらしい。

そのやり取りを聞いていた晃が、途端に目を輝かせた。

「そんな嘘をつくなんて、なにかあるって言ってるようなもんじゃん！……てか僕、こっそり宴会場を確認してこよっかなー。宴会場にさっきの小面を飾るような場所があるかどうか、念のために確認が必要でしょ？」

興味津々な様子はともかく、確かに晃の提案はもっともだった。

次郎はやれやれといった様子で頷く。

「見付かるなよ」

「大丈夫！　見付かっても、迷ったフリするから」

晃はそう言うと、早速、階段がある玄関ホールの方へ向かった。

その後ろ姿を見送った後、澪は次郎を見上げる。

「さっきの……、どう思いますか？」

次郎は眉を顰めたまましばらく考え込んでいたけれど、周囲を気にしてか、視線で桐の間の方を指した。

「とりあえず、全員桐の間に。こんなところで話してたら目立つ」

「そう、ですね……」

澪は沙良と顔を見合わせ、桐の間へ向かう。

すると、間もなく宴会場から晃が戻り、やけに興奮した様子で部屋へ駆け込んできた。

「ねえ！　ねえって！　聞いて！」

「晃くん、落ち着いて……」

「落ち着けないよ！　あったんだってば、宴会場に小面が！」

「え？……あったってことは、さっきの仲居さんの話は本当だったってこと……？」

「いやいや、そういうことじゃなくてさ。おかしいじゃん、たった今回収されたばかりのものが、すでに元に戻ってるなんて！」

澪は目を見開く。

確かに、晃が宴会場へ向かったときは、仲居頭たちが去ってからまだ数分も経っていない。

「それに、床の間に仰々しく飾られてたんだけど、離れで見たやつとは明らかに違ってたよ。なんだか迫力もないし、ツルッとしてて経年を感じないっていうか。僕が見てわかるレベルで別物だった」

「じゃあ、やっぱりさっきの小面は離れにあったものってこと……？」

「わかんないけど、少なくとも酔っ払い説は消えたってことだよね。ってことは、他の誰かのいたずらか、……勝手に動いてやってきたか」

晃はそう言いながら、ニヤニヤと笑みを浮かべる。

しかし、そんな晃を見ながら高木は首をかしげた。

「だけど、わざわざ離れに侵入してまで俺たちにいたずらする理由なんて思いつかないよね。とはいえ、心霊現象だって決めつけるには、さっき次郎が言ってたようにちょっと変な気もするし」

高木が言う通り、どちらにしても多くの違和感があった。

皆は黙って考え込む。――そのとき。

「ねえ、もう一回くらいなにか起こるんじゃないかな？」

リアムが目をキラキラさせながらそう言った。

いくらなんでも希望的観測すぎないかと、澪は思う。しかし。

「なんらかの目的があって誰かが僕らにイタズラしてるんだとしたら、たった一回で止《や》めないんじゃないかなあって。それに、もしいたずらじゃなく本当に霊がなにかを伝えようとしていたんだとしても、まだなにも伝わってないし」

かなりポジティブな推測だけれど、確かに一理あった。

これで終わりだと思うには、少しモヤモヤが残る。

次郎は眉《まゆ》を顰《ひそ》め、しばらく考え込んでいた。いずれにせよ、さっきのように部屋の外で起こることならば、調査のときのように観察することはできないし、打つ手がないと考えているのだろう。

すると、そのとき。

晃が待ち侘《わ》びていたかのようなタイミングで、バックパックの中からいそいそとなにかを取り出した。

「ってことで……、こいつ、セットしちゃう？」

全員の視線が晃に集まる。

その手にちょこんと載っていたのは、小型のカメラ。おそらく私物なのだろう、第六の機材にはないものだった。

「そんなの持ってきてたの……？」

尋ねると、晃はいたずらっぽい笑みを浮かべる。

「別に今日に限らず、いつも持ち歩いてるよ。ってか、これすごく小さいけど超優秀なライブカメラなんだ。めちゃくちゃ軽いから付属のクリップや粘着テープで簡単に取り付けられるし、なにより目立たないし。……まあ、そのぶん動体検知や暗視機能はないけど、明るい場所を観察するなら余裕。……たとえば、部屋の前とか」

「部屋の前って……。そんなの、バレたら……」

「バレないって。それに、鍵《かぎ》もない部屋でいたずら疑惑が起きてるんだから、バレたとしても言い訳なんていくらでもできるじゃん」

「……」

　勝手に撮影なんてと思う一方で、晃の説明に納得してしまっている自分がいた。

　ちらりと次郎の様子を窺《うかが》うと、次郎は相変わらず険しい表情で考え込んでいるものの、頭ごなしに反対する気配はない。

　高木はやれやれといった表情を浮かべ、リアムはさも興味深そうに晃のカメラを見つめていた。

　そして。

「……アリだな」

　次郎が呟《つぶや》くと同時に、晃が小さくガッツポーズをした。

「やった！　じゃあ早速セットしようよ。桐の間と蘭の間の前の廊下が映ればオッケーだよね？」

「……ああ」

「入口の上の欄間《らんま》が飾り格子になってたから、そこにクリップで止められそう。リアム！　できるだけ高い位置に付けたいから手伝って！」

「もちろん！」

二人はまるで遊びに行くかのように連れ立ち、はしゃぎながら部屋を出ていく。カメラを付ける位置まで目星をつけていたことには呆《あき》れたものの、部屋の前の様子を観察できるとなると、ただ待つよりも圧倒的に効率がいいことは言うまでもなかった。

晃たちはすぐに取り付けを終えると、部屋に戻って自分と次郎のパソコンを操作し、映像を映し出す。

「画質はいつもよりは下がるけど、十分でしょ」

晃はそう言うが、廊下の光景は十分鮮明だった。

ディスプレイを見ていると、なんだか仕事のスイッチが入り、澪は映像に集中する。

ただ、画角はそう広くなく、ただただ廊下の一部を映しただけの映像はさすがに退屈だった。

数十分もすれば、リアムと高木が次々と力尽きて寝転がり、沙良もまどろみはじめる。

澪は三人に毛布をかけ、机の上に置かれた次郎のパソコンの前に戻った。背中を壁に預けて自分のパソコンを見ていた晃が、小さく笑う。

「澪ちゃん、お母さんみたい」

「……せめて姉か妹にして。……っていうか、みんな忙しいから疲れてるんだね……。沙良ちゃんも珍しくはしゃいでたし」

「宮川さんってはしゃぐんだ……。ってか、澪ちゃんは平気なの？　なにかあったら起こすから、寝てていいよ」

「ううん、私は大丈夫。……それに、気になってまだ眠れそうにないから」

ただ、澪も常に映像に集中しているわけではなかった。

なにも起こらない映像を見ながら、つい頭に浮かんでくるのは仁明のこと。

どこまでこっちの情報を知られているのか、エレベーターの警告にはどういう意味があったのか、もし素性が完全にバレてしまった場合は澪たちをどうするつもりなのか、想像しただけで不安が押し寄せてくる。

むしろ、本当はすでにすべてを知られていて、ただただ仁明に泳がされているだけだったらどうしようと、最悪なことまで考えはじめていた。

つい全身が強《こわ》ばり、澪は拳《こぶし》を握る。すると、そのとき。

「あまり考えすぎるな。心配ない」

突如、次郎が静かにそう口にした。

もしかして不安をすべて口に出してしまっていたのかと、澪は一瞬焦りを覚える。けれど。

「澪ちゃん、顔が怖過ぎ」

晃に笑われて、そういうことかと胸を撫《な》で下ろした。

「すみません……。いろいろ考えてたら、どんどん想像が悪い方へと向かってしまうというか。……なんだか、落ち着かないんです」

思わず弱音を吐くと、次郎の瞳《ひとみ》がかすかに揺れる。

「最近の不穏な展開が相当なストレスになってることはわかってる。……だが、少なくとも今はさほど構える必要はないから気楽に見てろ」

「今って……、この映像ですか？」

「ああ」

「もしかして、次郎さんはなにも映らないと思ってます……？」

考えてみれば、次郎からはあまり緊迫感が感じられなかった。むしろ、離れを見に行った頃から、なにかを察しているような雰囲気がある。

「いや。映らないとは思ってない」

「……じゃあ、心配ないってどういう……」

「まだいい加減なことは言えない。……とにかく、そんなに気を張るな」

次郎の考えはよくわからないけれど、そう言われたらなにも言えず、澪は黙って膝《ひざ》を抱えた。

ディスプレイには、相変わらず変化のない映像が淡々と流れ続けている。

ただ、次郎から気楽に見てろと言われたせいか、さっきのように恐ろしい妄想が広がることはなかった。

しかし、なにも起こらないまま時間ばかりが過ぎ、気付けば時刻は深夜一時前。

「……そういえば、次郎さんって温泉で卓球したことあります？」

なぜ唐突にそんな質問をしてしまったかは、澪自身にもよくわからなかった。

高級な旅館に浴衣姿の次郎という、非日常的な光景がそうさせたのかもしれない。次郎は視線をディスプレイに向けたまま、眉を顰めた。

「なんだその質問」

「さっき沙良ちゃんがやったことないって言ってたので、次郎さんはどうかなって。……ないですよね、全然想像できないし」

「ある」

「やっぱりそうだと思っ……え？」

質問の答えにも、答えてくれたこと自体にも驚き、ぼんやりしていた澪の頭が一気に覚醒《かくせい》する。

すると、次郎はさらに言葉を続けた。

「兄貴と大昔に一度。……といっても、当時の俺はまだ六、七歳くらいであまり覚えてないが。……新年に親族総出でどこぞの旅館に集まり、つまらない話を始めたときに、兄貴が俺を連れ出した」

「そんなことが……。一哉さん、いいお兄ちゃんですね」

「いや、十も年下の弟相手に本気で勝ちにきてたし、最初は大盤振る舞いしていたハンデもいずれなくなった。……昔から、なにをやらせても不器用なんだ兄貴は」

「ふふっ……」

そのときの光景が容易に想像でき、澪はつい笑う。

次郎はそれ以上なにも言わなかったけれど、纏《まと》う空気が少しだけ柔らかくなった気がした。

一方、映像にはやはり変化がない。

ごく稀《まれ》に人が通過するだけという、退屈極まる光景を延々と見続けていた澪の意識も、時間が経つごとについに限界が迫る。

一時半を回った頃には、もはや無理やり意識を繋《つな》ぎ止めているようなギリギリの状態だった。

部屋に響く晃の規則的なタイピング音が、余計に眠気を誘う。晃はおそらく、映像をチェックしながらシステム管理部の仕事をしているのだろう。

夜型の二人にはとても敵《かな》わないと、澪はついに膝に顔を埋《うず》めて意識を手放す。――しかし、そのとき。

「……お？」

突如晃が声を上げ、澪はガバッと顔を上げた。

慌ててディスプレイに視線を向けると、蘭の間の前の映像に映る、仲居の人影。

「なんだ……、仲居さんか……」

澪はほっと息をつく。しかし、晃は意味深に笑った。

「いやいや、なんだじゃないよ。……手元に注目」

「うん……？」

なんのことかわからず、澪はふたたび映像に視線を向ける。そして、言われた通りに仲居の手元を見た瞬間、思わず息を呑《の》んだ。

「え、これ……」

仲居が手に持っていたのは、能面。しかも、ついさっき部屋の前に置かれていたものと同じ、小面だった。

やがて仲居は周囲を確認しながらそれを廊下に置くと、蘭の間の戸に近付いてしばらく聞き耳を立て、こっそりとノックする。

その瞬間、次郎と晃が同時に立ち上がった。

呆然《ぼうぜん》と映像に見入る澪を他所《よそ》に、二人はあっという間に部屋を出て廊下へ飛び出す。

映像には、驚く仲居と到着した次郎たちが対峙《たいじ》する様子が映し出された。

澪は我に返り、慌てて次郎たちの後を追う。

そして、次郎たちの前に立つ仲居の姿を確認した瞬間、目を見開いた。

「楓さん……」

上からの画角では顔まではよくわからなかったけれど、そこに立っていたのは、楓だった。

楓の顔は青ざめ、すっかり硬直している。

「まさかの仲居さんの仕業だったなんて、驚きなんだけど」

「どうして……」

「そりゃ、カメ――」

「ある程度予想してたからな。……それで、目的は？」

わざわざバラす必要はないと判断したのだろう、次郎はカメラと言いかけた晃を遮り楓に問いかけた。

楓はしばらく固まっていたけれど、やがて、観念したように息をつく。

「……申し訳、ありません……。噂を目的にいらっしゃった様子でしたので、なにごともなく過ぎるよりも、なにかが起きた方が楽しんでいただけるのではないかと……」

「じゃあ、さっき小面を置いて行ったのも楓さんだったんですか……？」

「……はい。どんな形でもお客様が増えた方が旅館のためになると思いまして、つい……」

その言葉を聞き、澪は、楓が離れへの案内にずいぶん乗り気だった理由を理解していた。

まさに澪が次郎と話していた通り、楓は閑散とした旅館の経営状況を案じて、気味の悪い噂が広がるように仕向け、それ目的での客が増えるよう演出していたのだと。

しかし、晃はなんとなく納得がいかない様子で、首を捻《ひね》る。

「でも、いち仲居さんがそこまで心配することなの？　こんな立派な旅館で仲居が務まってるんなら、たとえ潰《つぶ》れようと働く場所なんていくらでもあるでしょ」

確かに、晃の言うことにも一理あった。

　すると、楓は俯《うつむ》き、深い溜《た》め息をつく。

「きた本には強い思い入れがあるんです。……実は、私はこの近くの出身なのですが、両親の仕事の関係できた本とは昔から付き合いがあり、幼い頃からよく遊びにきていました。しかし、先代が引退された頃から経営状況が悪化したと聞き……、このままではきた本が潰れてしまうのではないかと心配で……」

　楓の憔悴《しょうすい》しきった様子を見ていると、なんだか胸が痛んだ。

　辛《つら》そうに語る様子から、きた本が楓にとっていかに大切な場所なのか、痛い程伝わってくる。

「……もしかして、それが理由で仲居さんに……？」

「はい。なにかできることはないかと悩み、安直ではありますが、仲居として働くことにしました。……しかし、働くことでこれまでよりも深く内情を知り、焦りは膨らむばかりでした。しかも、現社長は体が弱く、ここ最近はほとんど顔を出さず、間もなく引退するだろうと噂されています。こんな状況で代替わりしたところで、次期社長はまだ若く、旅館経営の経験も浅いため、明るい展望はとても持てず……。それで、せめて少しでもお客様が増えればと思い、このようなことを……」

　次期社長と聞き、澪はふと、ここに婿入りした津久井の存在を思い出した。

　昔からきた本を知っていて、下り坂の経営を目の当たりにしている楓なら、突然現れた津久井に不安を感じるのも当然と言える。

「そういうことでしたか……」

楓が取ったのはかなり極端な方法だが、澪はひとまずその事情に納得した。

そして、大切な場所をどうしても失いたくないという気持ちには少なからず共感でき、同情すらした。――しかし。

「……客を増やすため、か」

ふいに、次郎が意味深に呟《つぶや》く。

その瞬間、楓の瞳《ひとみ》がわずかに揺れた気がした。

「……ええ」

頷《うなず》く声からも、なんだか動揺が感じられる。

それも無理はなく、次郎の視線には明らかな疑いが滲《にじ》んでいた。

「次郎さん……？」

戸惑いながら見上げると、次郎がゆっくりと口を開く。

「思い入れがあり、できることをしたいと口にしている割に、いかにも旅館の品格が下がりそうな方法を選んだものだな」

その瞬間、楓の表情が明らかに強《こわ》ばった。

次郎はさらに言葉を続ける。

「たとえ噂が広がって心霊マニアが興味を持ったとしても、こんな高級旅館じゃ気軽に泊まれないだろ。そんな方法じゃ、増える客の数なんてたかが知れてる。むしろ、老舗《しにせ》旅館で霊の噂なんてリスクのほうがよほど高い。仲居頭のようにひた隠しにしようとする方が圧倒的に正しい判断だ」

言われてみれば、確かにその通りだった。

本当にきた本のことを思っているなら、品格が下がるような方法を選ぶのは違和感がある。

それに、自分で支払いをしていないせいで頭から抜けていたけれど、きた本はかなりの高級旅館。世の中に心霊マニアが多いことはわかっているが、晃やリアムのように金に糸目を付けない連中はごく一握りだろう。

次郎に指摘された楓は、下唇を噛《か》んだ。

「……確かに、私の考えは幼稚でしたね……。焦りに任せ、お客様さえ増えればなんとかなると信じ、とはいえすべて素人考えで、品格のことまで考える余裕がなく……」

楓の声は震えていて、澪はなんだか可哀想になった。――しかし。

「素人考えと言う割に、ずいぶん仕上がってるな。作法も立ち振る舞いも」

次郎はいたって冷静にそう言い放った。

「じ、次郎さん……？」

「こればっかりは、数年働いたからといって簡単に身に付くものじゃない。なのに、なんなら仲居頭よりも作法が良く、もはや体に染み付いてる。よほど育ちがよくないと、そうはならない」

「…………」

「おまけに、能楽の知識もあるらしい。俺らを離れに案内したときに、知識は付け焼き刃であるかのような言い方をしていたが、瞬間表情のことを澪に説明しながら、〝実際の能でもここぞってときに派手に登場する〟と説明していただろう。実際に観たことがない人間はそんなことを知るはずがないし、むしろ一度や二度観たくらいでパターンは読めないはずだ」

それを聞き、澪は改めて離れで聞いた説明を思い返す。

あまりの不気味さになにも考えられなかったけれど、確かに、瞬間表情の能面を着けた役者がどんなタイミングで出てくるかなんて、能を観劇したことのない澪には想像もできない。

あのとき、次郎が少し考え込んでいたように見えたのはこういうことだったのかと、澪は今さら納得した。

「能に造詣《ぞうけい》が深く、礼儀作法をきっちり身に付けるような人間が、幼稚な客寄せを考え付くとは思えない。……きた本のためと言いながら、俺にはむしろ、あえて評判を落とそうとしているように見える」

「…………」

楓から、動揺がはっきりと伝わってきた。なにも答えないところを見ると、おそらく次郎の推測はそう遠くはないのだろう。——そして。

「正直、誰がこの旅館を陥れようが、どんな目的があろうが、俺には関係ないしどうでもいい。ただ、その目的のダシに使われるのも、嘘だらけの人間に世話をされるのも遠慮したい。だから、仲居頭にすべて報告し、担当を替えてもらう」

次郎は突如そう言い放ち、楓の反応も見ずに玄関の方へ向かった。

その弁解の余地も与えない勢いに澪は戸惑い、ひとまず後を追おうとした、そのとき。

「待ってください……」

楓が弱々しい声を上げた。

次郎は予想通りとばかりに足を止める。

その完全に主導権を握っている様子から、次郎はもしかすると、こういう展開になることもすべて想定内だったのではないかと澪は思った。

部屋で不安げに映像を見ていた澪に言ってくれた、「心配ない」という言葉がふと頭を過《よぎ》る。

一方、楓の表情に余裕はなく、これまで見せていた営業スマイルもすっかり消え、次郎の前に立つと深々と頭を下げた。

「申し訳ありませんでした……。ダシに使ったと思われても仕方がありません。しかし、どうか報告だけは……。事情をすべてお話ししますから……」

「事情よりも、俺が聞きたいのは、ここで噂になっている心霊現象の真相だ」

「真相……、と言いますと……、それはつまり、ここでの噂はすべて私の仕業かどうか、という意味でしょうか」

「ああ」

ふと、楓が心底驚いた様子で次郎を見上げる。そして。

「……大変失礼ですが……、皆様は本当に心霊現象を信じてらっしゃるんですね……」

その反応から、もはや答えを聞くまでもなかった。楓はそもそも心霊現象に懐疑的であり、だからこそ平然と離れを案内してくれたのだと。

「じゃあ、やっぱり全部楓さんの仕業だったんですね……」

澪は、拍子抜けしながらも少しほっとして、そう呟く。

しかし、楓は曖昧《あいまい》に首を捻った。

「全部と言っても、心霊現象の噂自体はずっと前からありますし、その真相までは……。私は、噂に便乗しただけなので……」

「じゃあ、君は視《み》たことないけど、前々から目撃者はいたってことだね」

晃が質問を重ねると、楓は頷く。そして、ふいに意味深な表情を浮かべた。

「……ただ、考えてみれば、ここ数ヶ月程で目撃談がやけに増えたような気がします。私のように、あえて演出するような仲居は他にいませんし、噂が広がったせいでなにもかもを心霊現象にこじつけているだけだとは思いますが、それにしても急に……」

「……ってか、賛成派って君だけだったんだ。ってなるといよいよ理由が気になるんだけど、なんでこの旅館の評判を下げたいの？」

話は逸《そ》れたけれど、それは澪も気になっていたことだった。

アナログな方法で心霊現象を演出した楓が仁明と繋《つな》がっている可能性はかなり薄くなったものの、楓以外の誰かとの繋がりをまだ否定できない以上、内情を知れる情報はかなり貴重だ。

すると、楓は言い辛《づら》そうに口を開いた。

「……私の素性は、先ほど推測されていた通りです。八代続く呉服屋に生まれ、物心ついた頃から礼儀作法を学びました。きた本の代々の社長は昔からうちを贔屓《ひいき》にしてくださっていたそうで、先代の社長は私や兄弟たちのことをとても可愛がってくださいましたし、お孫さんとは、幼馴染《おさななじみ》のように育ちました」

「……先代のお孫さんって、婿を取ったっていう次期社長の奥さん？」

晃が確認した瞬間、澪はハッとした。婿とはまさに、津久井のことを指す。そして、さっきの楓の話しぶりから考えて、楓は津久井にあまりいい印象を持っていない。

まだ序盤だというのに、すでに人間関係の縺《もつ》れを予感させた。

すると、楓は突如、衝撃的なことを口にする。

「ええ、その通りです。次期社長……、現在社長代理ですが、奥様は涼香《りょうか》さんといいまして、——元々は、私の二番目の兄が婿に入る予定でした」

澪と晃が同時に目を見開いた。

「え、まさか泥沼な展開……？」

「晃くん……！」

遠慮のない言い方をする晃を慌てて止めながらも、澪は、やはり思った通りだと、話の行く先を密《ひそ》かに察していた。

楓は苦しげに瞳《ひとみ》を揺らす。

「いえ、とくに揉《も》め事《ごと》があったわけではありません。ただ、先代は兄のことをとても気に入っていましたし、孫の婿にして旅館を継がせたいと、私の両親に会うたび話していました。許嫁《いいなずけ》とまでは言いませんが、兄は涼香さんに好意を持っていましたし、両家にとってはほぼ暗黙の了解でした。……なのに、突如知らない男性が現れ、……私たちが戸惑っている間に、みるみる結婚の話が進んでいました」

「……お兄さんは、涼香さんと付き合ってたの？」

「いえ。……さっきも申し上げた通り、暗黙の了解といえども結局はただの口約束です。……兄は、従う必要はないのだからと、相手は自分で選ぶべきだと、戸惑いが抑えられない私を宥《なだ》めました。しかし、きた本を継ぐことを見据えて大学を選び、常に努力していた兄の将来が、一気に白紙になったのです。……私は兄のように落ち着いてはいられませんでした」

時折震える声から、楓の落胆と怒りが痛い程伝わってきた。

とはいえ、許嫁に近い暗黙の了解と言われても、それが互いにどんな感覚なのか、どのくらいの強制力を感じていたのかすら澪にはまったく想像できず、正直、共感の難しい話だった。

　ただ、津久井の婿入りの陰でそんなことが起こっていたという事実には、なんだか胸騒ぎを覚える。

「まー結局は当人同士の気持ちってことなんだろうけど……、ってか、君のお兄さんを気に入ってた先代は、いきなり現れた別の男が婿入りして旅館を継ぐって話をあっさり受け入れたの？」

「いえ、最初は反対していました。しかし、社長代理が陶芸師の見習いをしていると知り、次第に考えを変えました。詳しくは知りませんが、先代は日本の芸術や文化をとても愛していましたから、話が合ったのかもしれません」

「へー……。で、君がその恨みを晴らすために、評判を落として潰《つぶ》してやろうと思った、みたいな感じ？」

「大切な場所であることに変わりはありませんから、潰してやろうとまでは……。ただ、現社長の体調が思わしくない今、旅館の指揮を取っているのは実質社長代理ですし、混乱を起こして経営の才能がないことを知らしめることができればと……」

「……なるほどね」

　晃の表情は、わかりやすく引いていた。

　確かに気持ちのよくない話だったけれど、楓がそんな行動に出るくらいに兄のことを慕っていたのだと思うと、澪はあまり非難する気持ちになれなかった。

「理由はわかりましたけど……、でも、もしバレたら楓さんはもちろん、楓さんのお兄さんやご実家の印象も悪くなりますし、止《や》めた方がいいんじゃないですか……？　私たちは黙ってますから……」

　余計なお世話だと知りながら、澪はそう伝える。

すると、楓は澪の言葉を噛《か》み締めるように、ゆっくりと頷《うなず》いた。

「確かにその通りです。少なくとも、こうしてお客様にバレてしまうようではダメですよね」

「そ、それは……」

カメラを仕掛けたとは言えず、澪は口ごもる。

「お陰さまで、少し目が覚めました。せっかくのご旅行に水を差してしまい、本当に申し訳ありませんでした」

「まー、結果的に僕はワクワクしたからいいけど。ただ、マニアって解析力がすごく高いから、やるならもっと周到にやんないと」

「いえ、もう馬鹿なことはやめます……。本当にご迷惑をおかけしました」

「そんなに何回も謝んなくていいから、もう戻ってゆっくり寝なよ」

晃がそう言うと、楓はふたたび頭を下げ、その場を後にする。

澪たちは顔を見合わせ、同時に溜《た》め息をついた。

「ってか、霊じゃなかったなんて拍子抜けすぎ。……つまんないから、もう寝よっかなー」

晃はさも退屈そうに伸びをしながら桐の間へと戻っていく。

複雑な事情を聞いてしまったせいか、澪はそう簡単には切り替えられず、モヤモヤした気持ちを引きずったまま晃の後に続いた。

しかし、次郎は少し意味深な表情を浮かべ、廊下の奥を見つめる。

「次郎さん、どうしました？　もしかして、なにか気配が……？」

「……いや、そういうわけじゃない。ただ、ここ数ヶ月で急に目撃談が増えたという話が少し引っかかってる」

「そういえば、楓さんがそんなことを言ってましたね……」

あのときはすぐに話が逸《そ》れてしまったけれど、確かに楓は不思議そうにそう語っていた。

「噂が広がったせいで、皆が心霊現象にこじつけてるんじゃないかって言ってましたけど、もしかして違うって思ってますか？」

「いや、ほとんどの目撃談はそうだろう。ただ、あの仲居がくだらないいたずらを始めたのが津久井が婿に入った二年前頃だとして、ここ数ヶ月でいきなり増えたというのは少し気持ちが悪い。他に原因があるような気もする」

「確かに……。単純に、本物の心霊現象が増えてる可能性も……」

「ああ。……あの離れの雰囲気からしてなにがあっても不思議じゃないが、とはいえ、展示はここ数ヶ月で始まったわけじゃない。霊はそもそも騒ぐのを嫌うが、展示が中止になってからはむしろ静かになったはずだろう。大人しくなるならまだ説明がつくが、逆は明らかにおかしい」

「そう、ですよね……」

聞けば聞く程、不自然さが増した。

ただ、今の澪たちにそれを調査する術《すべ》はないし、宿泊客として来ている以上、情報収集すら難しい。

「いっそ、うちに調査依頼をしてくれたらいいんですけど」

「須川が津久井と繋がっているし、伊原を使えばそれも不可能じゃない。……が、ここと仁明との関わりがはっきりしない段階で、軽々しく請けられないだろ」

「……そうでした」

身動きの取り辛さを改めて実感し、澪は頭を抱えた。

当初はただの様子見のつもりだったけれど、あまりに怪しいことが多く、そのくせ仁明との関わりを肯定も否定もできていない。

「とはいえ、まだ時間はあるし、朝までになにかが起きる可能性も残ってる」

「……結局、それしかないですよね」

正直、あまり期待は持てないと思いながら、澪は桐の間に戻った。

真相を知ったことですべての興味を失ったのか、晃は早くも寝息を立てていて、澪は眠っていた沙良を起こす。

「沙良ちゃん、調査は一旦《いったん》終了したから、私たちは部屋に戻ろう」

「澪、先輩……？」

「大丈夫？　少し移動できる？」

「……」

沙良はしばらくぼんやりと澪を見つめた後、突如、ガバッと体を起こした。

そして、驚いて仰反《のけぞ》る澪の両肩を摑《つか》む。

「私としたことが……、寝てしまっていたんですね……！　なんという醜態を……！」

「い、いや、全然大丈夫だよ……？　疲れてたみたいだし、そもそも業務外だし……」

「とんだ役立たずです……」

「いや、だから……」

宥《なだ》めたものの、沙良はまったく聞く耳を持たずにがっくりと項垂《うなだ》れた。

こんなにショックを受けるのなら起こしてやればよかったと思いながら、澪は沙良の手を引いて立ち上がらせる。

「大丈夫だって、実質なにも起きてないも同然だから」

「実質とは、どういう意味でしょう……」

「部屋で説明するね。とりあえず戻ろうよ」

澪はそのまま沙良を連れ出し、蘭の間に戻る。

しかし、一連の出来事を説明しようと広縁の椅子に腰掛けた瞬間、急に強い眠気に襲われた。

「あれ……、なんか急に眠くなってきた……」

「澪先輩はずっと映像を確認してらしたんですから、ご無理なさらずに少しお休みになった方が……。私への説明は朝でも構いませんから……」

「ありがとう……、だけど、なにか起きるかもしれないから、起きてたくて……」

「澪先輩なら、なにかあればすぐに目が覚めるのではないでしょうか」

「そんなに鋭くは、ない、けど……」

言っている間にも、眠気は次第に強くなっていく。

思えば昨日はいろいろなことがあり、さすがに精神疲労が限界なのかもしれないと、澪は沙良の申し出に甘えることにし、這《は》うように布団へ移動した。

「沙良ちゃんも、寝てね……？」

「ええ。ありがとうございます」

頷きながらも沙良が椅子から立つ気配はなく、おそらく寝てしまったことを気にしてこのまま心霊現象を待つ気なのだろうと澪は思う。

同時に、澪がどれだけ気にする必要はないと言ったところで聞かないだろうことも察していた。

ふと、役に立ちたいとがむしゃらになっていた前までの自分を思い出して、なんだか胸が締め付けられる。

ただ、あのとき必死に足掻《あが》いたお陰で今があることを知っている澪は、それが必ずしも良くないことだとは思わなかった。

「沙良、ちゃん……」

「はい」

「……ちゃんと、頼りにしてる、から……」

意識を手放す間際、澪は当時の自分が言われて一番嬉《うれ》しかった言葉を記憶から引っ張り出して呟《つぶや》く。

最後まで言えたかどうかは自信がなかったけれど、かすかに沙良の笑い声が聞こえた気がした。


まだ夜が明ける気配のない真夜中、澪は唐突に目を覚ました。

それは、起きたというよりただ目を開けただけと表現した方が正しいくらいに、不自然な目覚めだった。

起き上がって時計を見ると、時刻は三時前。眠りについてから、たいして時間は経っていない。

広縁には、まだ沙良の姿があった。

「沙良ちゃん……？」

「……目が覚めましたか」

「うん、なんか急に……」

「ということは、私の勘違いではないのですね」

「え……？」

その意味深な言葉に、たちまち不安が過《よぎ》る。

澪は立ち上がり、ひとまず広縁に移動した――瞬間。

突如、底冷えする程の不気味な気配を感じた。

「ねえ、これ……」

「ええ。三十分程前から、この奇妙な気配がみるみる強くなっています。……なにかがいるようです」

それは、学校や病院に集まってくる浮遊霊とは、存在感も不気味さも格が違っていた。

一方で、気配がどこから伝わってきているのかは曖昧《あいまい》で、おそるおそる庭を見渡してみたものの、よくわからない。

「不気味なのは確かだけど、私たちを認識してるような感じではない、かも……」

「我々が狙われているわけではない、ということでしょうか」

「多分。霊障もないし、マメも出てこないし。……まあ、狙われる筋合いもないんだけど」

この全身が冷え固まる感覚は、妙恩寺《みょうおんじ》の墓地で視た、かつて佳代の命を奪った悪霊と対峙《たいじ》したときに匹敵するものがあった。まるで、近寄るべきではないと本能が訴えかけてくるかのような。

ただ、そんな曖昧な感覚の中でひとつだけ確実なのは、集落で覚えた木偶《でく》人形の気配とはまったく違うということ。

つまり、今のところは、この気配に仁明の関わりを思わせるようなものはなにもない。

そもそも、もし少しでも似た気配だったなら、次郎が黙っているはずがなかった。

その事実が、澪の緊張をわずかに緩ませる。

「ひとまず、警戒してた気配とは違うみたい。……山の中だし、無念を抱えた地縛霊がいるのかも」

澪はそう言うと、脱力するように椅子に座った。

しかし、そんな澪とは逆に、沙良は勢いよく立ち上がる。

「ですが澪先輩、私たちはこの機会を待ち望んでいたのでは」

「え……？」

「なんらかのヒントを得なければ、ここへやってきたことがすべて無駄足になってしまいます」

「で、でも、集落で覚えた気配とは全然違うし……」

「とはいえ、私たちも気配を誤魔化すことができるのですから、相手もまた同じでは。そう考えると、この気配だけでは、懸念していた可能性を完全に否定するに至りませんよね」

「それは、そうだけど」

沙良からは、強い焦りが感じられた。おそらく、さっき眠ってしまったことを、今もまだ気にしているのだろう。

「もしかして、この気配のことを調べたいとか思ってる……？」

もはや答えは聞くまでもなかったけれど、沙良は澪の問いに深く頷《うなず》いた。

「無茶をすべきでないことは、重々承知です。ただ、せっかく気配が現れたのなら、もう少し近寄ってみるべきではと思います」

「沙良ちゃん……」

正直、あまり気が進まなかった。ただ、その一方で、沙良の言い分にも一理あると考えている自分がいた。

澪は悩んだ結果、小さく頷く。

「とりあえず、勝手なことはできないから、次郎さんに相談しに行こう」

「澪先輩……、ありがとうございます」

「……ただ、それで駄目って言われたら諦《あきら》めるって約束して」

「わかりました」

澪が出した結論は、次郎の判断に委ねるということ。

丸投げするつもりではなく、澪自身も、沙良の考察を次郎がどう考えるかに興味があった。

澪たちは早速桐の間に向かおうと、音を立てないようこっそりと廊下に出る。

時間が時間だけに、廊下はしんと静まり返っていた。

「皆さんもうお休みになっていらっしゃるでしょうか」

「ううん、次郎さんはきっと起きてる」

「長崎さんのこと、よくご存知なんですね」

「そ、そういうわけじゃないけど、いつも全然寝ないから……」

つい動揺してしまい、澪は沙良のまっすぐな視線から慌てて逃れる。

そして、桐の間へ向かって足を踏み出そうとした、——そのとき。

ふいに、背後から感じたかすかな視線。

反射的に振り返ると、ほんの一瞬だけ、廊下の奥の角を誰かが曲がっていく様子が見えた気がした。

「ねえ今、誰か……」

「ええ、いましたね」

沙良も見たとなると、気のせいではなかったらしい。

ただ、廊下を曲がった先にあるのは、夕方に澪たちも使った従業員の通用口のみ。外へ出るとき以外にはまず用のない場所だが、これだけ静まり返っているというのに、引き戸を開ける音は聞こえてこない。

澪は首をかしげながらも、さほど気にせずふたたび桐の間の方へ足を踏み出す。

しかし、突如、沙良が澪の袖《そで》を引いた。

「澪先輩、気のせいかもしれませんが……」

「うん？」

「さっき見た人影と一緒に、ほんの一瞬、……小面が見えたような」

「……え？　さっきの人が持ってたってこと？」

「私には人の姿ははっきり見えませんでしたので、自信はありませんが……。楓さんが離れに戻しに行かれたのでしょうか」

「……こんな時間に？」

「こんな時間だからこそ、では」

確かに、楓がこっそり小面を戻しに行ったという可能性は否定できない。

ただ、そう考えるには少し違和感があった。

「噂を広めようとしてたのって、楓さんだけでしょ？　つまり離れに出入りしているのは楓さん以外にいないはずなのに、こんな真夜中を選ぶ程慎重になる必要あるかな。最初に部屋の前に小面を置いたときはまだ二十三時前だったし、それより早い時間に一度は取りに行ってるわけだし」

「確かに少し変ですね。……では、誰かの部屋の前に置く気では」

「誰かの部屋って……、またいたずらってこと？」

「わかりませんが、持ち歩く理由が他に思い付きません」

ずいぶん反省していたように見えた楓が、数時間も経たないうちに同じことを繰り返しているなんて、あまり考えたくない推測だった。

ただ、楓には、兄の婿入りが白紙になったことに不満を持ち、旅館の評判を落とそうと考えるような過激な面があることは事実だ。一度バレたからといって、素直に止《や》めるとも言い切れない。

「でも、廊下の奥に向かったってことは、旅館の外に行ったんだよね……？」

「外の非常階段から二階に上がるのかもしれません。……通用口をこっそり確認してみましょう」

「え、ちょっ……」

沙良は澪の返事も待たず、奥へ向かって廊下を進む。

慌てて止めようとしたものの、沙良は唇の前で人差し指を立てた。

あまり勝手な行動を取りたくはなかったけれど、正直、澪としても、小面を持っていたという沙良の言葉が気になっていた。

結局、旅館の中ならそう警戒することもないだろうと、澪は黙って沙良の後に続く。

そして、廊下を奥まで進んで角で足を止め、通用口の方をこっそり覗《のぞ》いた——ものの。

そこには、すでに人影はなかった。

「戸を開ける音はしなかったけど……、いないってことは、外に出たってことだよね」

「ええ。ここには通用口しかありませんし。……ただ、少し変です」

「うん……？」

「庭履きを使った形跡がありません」

そう言われて靴箱を見ると、確かに庭履きは隙間なく揃っている。

「自分の履き物を用意したんじゃない？」

「もちろんあり得ますが、楓さんが私たちを離れに案内してくださったときは、庭履きを使っていらっしゃいましたよね」

「そうだけど、まだ楓さんだって決まったわけじゃないし……」

「それはその通りですが……。とりあえず、少し待ってみましょうか。すぐに戻ってくるかもしれません」

沙良の言うことも一理あるが、澪はなんだか気が進まなかった。

そもそも、たとえ楓がまだなにかを企《たくら》んでいたとして、それは澪たちの目的には直接関係がない。

沙良から伝わってくる並々ならぬ熱意が心苦しいけれど、澪は結局首を横に振った。

「……ううん、やめよう。もし人の仕業なら、私たちがわざわざ首を突っ込んで突き止める必要もないんだし。それよりさっきの気配の方が気になるから、次郎さんに相談に行こうよ」

「……確かに、その通りですね」

沙良は少し冷静になったのか、視線を落とす。

「そんなに焦らなくても大丈夫だから」

「……はい、すみません」

澪は沙良の肩にそっと触れ、廊下へと促した。

そして、二人が通用口に背を向けた、――そのとき。

突如、足元にマメが姿を現した。

『ウゥ……』

「マメ……？」

鼻先に皺《しわ》を寄せて警戒する姿に、たちまち嫌な予感が込み上げてくる。

その様子から、近くに不穏な気配があることは確実だった。

けれど、周囲に意識を集中させてみても、どこか曖昧《あいまい》でよくわからない。

マメもまた、気配がある方向を見定められないのか、しきりに視線を彷徨《さまよ》わせていた。

「沙良ちゃん、やばいかも……。早く戻ろう……」

澪は慌てて沙良の腕を引くが、沙良はすっかり硬直していた。

「沙良ちゃん……！」

澪は廊下へ向かってなかば強引に腕を引く。すると、沙良の体は無抵抗にぐらりと傾き、膝《ひざ》から床へと崩れ落ちた。

「なん……」

一瞬、澪の頭が真っ白になった。

しかし、マメの唸《うな》り声ですぐに我に返り、俯《うつぶ》せに倒れる沙良の肩を揺らす。

「沙良ちゃん……！」

しかし、沙良に反応はない。

とにかく次郎を呼ぼうと、澪は携帯を取り出す。しかし、画面は暗いままで、電源が入らなかった。

これは霊障だと察すると同時に、澪は異常な寒さに気付く。吐く息が白く広がり、焦りが一気に込み上げてきた。

桐の間までの距離はそう離れていないけれど、一人で行けばおそらく式神の効果範囲からは外れてしまう。

もはや、沙良を引きずってでも二人でここから離れる以外の選択肢はなかった。

『グルル……』

マメはさらに警戒を強め、澪たちの周囲をぐるぐると回っている。

澪はぐったりしている沙良をひとまず仰向《あおむ》けにしようと、沙良の体に手をかけた。

しかし、床に浴衣《ゆかた》が滑ってなかなか上手《うま》くいかない上、意識を失った人間の体はやたらと重い。

しかしそんなことを言っている場合ではなく、澪は渾身《こんしん》の力で沙良の帯を摑《つか》み、無理やり仰向けにした、――瞬間。

澪の心臓が、ドクンと大きく鼓動する。

なぜなら、その顔は、――沙良のものではなかった。

のっぺりとした輪郭に切長の目、そして、薄く開いた唇。

それは、間違いなく、小面の表情だった。

「……っ」

あり得ない出来事に悲鳴すら出ず、澪の思考は完全に止まる。

まるで金縛りに遭ったかのように身動きが取れず、澪はただ呆然《ぼうぜん》と小面を見つめるしかできなかった。

すると、――突如その眼球がグルンと動き、澪を捉《とら》える。

伝わってくるのは、強い怒りと苦しみ。

体を突き抜けるような恐怖に、意識がふっと遠退《とおの》く。そして。

――次郎……さん……。

心の中で次郎の名を呼ぶと同時に、視界が暗転した。

漂う土の香りで、澪は意識を戻した。

うっすらと目を開けると、正面にあったのは竹の柵《さく》。

澪はぼんやりと、外にいることを察する。

ただ、それ以外のことは、自分になにが起こったのかも、どれくらいの時間が経ったのかすらも、まったくわからなかった。

ゆっくり体を起こしながら、じわじわと覚醒《かくせい》していく頭に最初に浮かんだのは、沙良の存在。

「沙良ちゃん……？」

声は、掠《かす》れていた。

返事はなく、澪は辺りをぐるりと見渡し、見覚えのある建物でふと視線を止める。

「ここって……」

竹の柵に石畳、そしてその先にある玄関と、右側に見えるにじり口。

目の前にあったのは、昨日の夕方に来た離れだった。

中で覚えた異様な気配を思い出し、背筋がゾクッと冷える。

なぜこんなところにいるのだろうと、考える程に足が震え、立ち上がることすらできなかった。

澪は体を引きずるようにして、じりじりとその場を離れる。——しかし、そのとき。

突如、離れの玄関の戸がガシャンと激しい音を立てた。

慌てて視線を向けたものの、そこにはなんの異変もない。ただ、戸の奥から、なんとも説明し難い異様な気配を覚えた。

目を離すことができず、澪は固唾《かたず》を呑《の》んで戸を見つめる。

すると、今度はカタカタと小刻みになにかが揺れるような奇妙な音が鳴りはじめ、それは断続的ながらも、徐々に大きくなっていった。

そして、ふたたびガシャンと大きな音が響いたかと思うと、玄関の引き戸が大きく揺れる。

引き戸に嵌《は》め込まれた磨《す》りガラスが、遠くから見てもわかるくらいにビリビリと震えた。

中からなにかが戸を打ち破ろうとしているのではと、恐ろしい予感が頭を過《よぎ》った瞬間、あまりの恐怖に全身が硬直した。

なにかの正体は、考えるまでもない。

ずらりと並べられた能面から伝わってきた、近くにいることすら憚《はばか》られるような異様な気配を、体が記憶している。

あれが出てこようとしているのだと思うと、とても正気ではいられなかった。

澪は震える体を無理やり動かし、玄関の戸から目を離さず必死に後退《あとずさ》る。

しかし、上手く身動きが取れずに焦る澪の前で、ついに、引き戸は激しい音を立てて開け放たれた。

途端に辺りがしんと静まり返り、異様な気配が一気に濃さを増す。

開け放たれた戸の奥は真っ暗でなにも見えないけれど、確実になにかがいることを、澪は粟立《あわだ》つ肌で感じていた。

やがて、暗闇の中に突如浮かび上がったのは、二つの小さななにか。

それは不気味な程に鮮やかな金色をしていて、その中で小さな漆黒の珠《たま》が不規則に動いていた。

それを見た瞬間、ふいに澪の頭を過る強い既視感。

「……っ」

悲鳴は声にならず、額に冷たい汗が流れる。

澪が思い出していたのは、昨日離れの中で見た鬼神面。

ギラギラと金色に光る眼球の迫力を、澪ははっきりと覚えていた。

そして、鬼神面だと認識すると同時に、動いていた黒い珠——瞳孔《どうこう》が、まっすぐに澪を捉える。

その視線には恨みが滾《たぎ》り、あまりの威圧感に目眩《めまい》を覚えた。

相変わらず身動きは取れず、頭の中は真っ白で、思考もまともに働かない。そうこうしている間に、暗闇に浮かび上がる目は、ぽつりぽつりと数を増やしていく。

大きく眼球を剝《む》き出したものや、細く垂れたものなど、表情はどれも違うが、共通しているのは強い憤り。

どうやら、展示されていた能面の多くに強い念が宿っていたようだと澪は察した。

木偶《でく》人形に追われたときにも感じたことだけれど、人を象《かたど》ったものが動くというのは、表現し難い不気味さがあった。

やがて、玄関に浮かび上がる目はさらに数を増やし、夥《おびただ》しい数の視線が澪に集中する。

それらは狭い空間でひしめき合い、ギシッと木が軋《きし》む音が響いた。

この世のものとは思えない光景に、精神はもはや限界寸前だった。

けれど、その一方で、小さな違和感を覚える。

なぜなら、能面には、一向に玄関から出てくる気配がない。

強い念を抱えていることは確実なのに、それはあまりに不自然だった。そのとき、ふと頭に浮かんだのは、出てこないのではなく、出られないのではないかという推測。――そして、そのとき。

突如、背後から草を踏みつける音が響いた。

咄嗟《とっさ》に振り返った澪の視界に映ったのは、澪と同じ柄の浴衣の裾《すそ》と裸足《はだし》の足元。

その華奢《きゃしゃ》なシルエットから思い当たる人物は、一人しかいない。

「沙良、ちゃん……？」

行方知れずだった沙良と合流でき、わずかにほっとした澪は、勢いよくその顔を見上げる――けれど。

「…………」

目が合った瞬間、頭が真っ白になった。

澪を見下ろしていたのは、――小面の切れ長な目。

なんの感情も映さない冷たい視線が、まっすぐに澪に向けられていた。

「な……んで」

なかば無意識に口にした問いに、答えは返ってこない。

混乱が覚めない中、小面の目を呆然と見つめながらふと蘇《よみがえ》ってきたのは、気絶する寸前の記憶。

思えば、あのときすでに、沙良の顔は小面と入れ替わっていた。

だとすれば、今沙良の体を動かしているのは、小面に憑《つ》いていた霊である可能性が高い。

そして、澪をここまで運んだのも、おそらく小面の意思なのだろう。

その行動は謎ながらも、強い目的が感じられた。

知らなければならないと、唐突に込み上げる使命感。

澪は手をぎゅっと握り、恐怖を無理やり押し込める。

「……私に、なにをしてほしいんですか……？」

おそるおそる尋ねたものの、返事はない。

ただ、何故だかわからないけれど、そのときの澪には、絶対に会話が通じるはずだという根拠のない自信があった。

小面は、相変わらず澪をただじっと見下ろしている。

角度のせいか目尻《めじり》が下がって見え、まるで泣いているようだと澪は思った。——そのとき。

突如、小さな水滴が、澪の顔を濡《ぬ》らす。

一瞬雨かと思ったけれど、それはほんのりと温かく、氷のように冷えきった澪の頬を撫《な》でるように伝った。

それが涙だと気付いたのは、小面の頬に、一筋の涙の跡を見つけた瞬間のこと。

「どう、して……」

思わず問いかけると、小面の目からさらに一粒、涙が零《こぼ》れ落ちた。

張り詰めていた心が、ほんのわずかに緩む。そして。

『——あ、……な、い』

小面の薄く開いた唇から、震える声が漏れた。

「え……？」

澪はそのか細い声を必死に聞き取ろうと、耳に神経を集中させる。

そのとき、沙良の体が突如バランスを崩し、地面に膝《ひざ》をついた。

慌てて支えると、沙良は澪にぐったりと体重を預ける。そして。

『あえ　な　い　つら、い　くる、しい』

途切れ途切れながらも、澪の背中をぎゅっと掴《つか》みながら、必死に苦しみを訴えてきた。

その震える手から、切実さが痛い程伝わってくる。

澪はたまらない気持ちになって、背中に回す両腕に力を込めた。

「どうして……、そんなに苦しんでいるんですか……？」

『あ　え、ない』

「会えない……？」

『だ　して』

「出してって？　誰を？　どこから……？」

『……す……て』

なんとか聞き出そうとするものの、その言葉を最後に、小面はなにも言わなくなった。

同時に、地面でカランと乾いた音が響く。

沙良の体を支えながら視線を落とすと、地面に落ちていたのは、小面。

同時に、沙良の顔は元通りになっていた。

澪は自分の膝を枕に沙良の体を横たわらせ、小面の訴えを頭の中で繰り返す。

「出して……？」

呟《つぶや》いた瞬間、ふと、玄関でひしめき合っていた霊たちの光景が浮かんだ。同時に、やはりあの霊たちは離れから出られないのだと察する。

ふたたび離れに視線を向けたものの、玄関はすでに静まり返っていて、すでにさっきの禍々《まがまが》しい気配もない。

ただ、澪は、小面から重要な願いを託されたような気がしてならなかった。——そのとき。

「澪！」

よく知る声が響くと同時に、勢いよく飛びかかってきたのはマメ。

そして、そのすぐ後に続いて、次郎が駆け寄ってきた。

「次郎さん……？」

次郎は澪と倒れる沙良を見て、顔色を変える。

「おい、なにが……。宮川は……？」

「沙良ちゃんは意識を失っていて……、えっと……、今、小面が……」

「……お前らは無事なんだな？」

「は、はい」

澪が頷《うなず》くと、次郎はほっと息をついた。

そのとき、息を切らしながら晃が近寄ってくる。

「部長さん速いってば……。式神の効果範囲考えてよ……！」

晃は苦情を言いながらも、澪たちの姿を見て目を見開いた。

「ちょっ……、大丈夫？　ってか裸足だし、浴衣《ゆかた》泥だらけじゃん……」

「今、いろいろあって……」

「……まぁ、とにかく風邪ひくから戻ろ。ちょっと澪ちゃんたちの庭履き取ってくる……って、部長さんも来て、離れらんないから」

状況判断の早い晃は、そう言うと次郎の袖《そで》を引く。

次郎は頷き、去り際に澪の頭の上に自分の羽織をバサッとかけ、通用口の方へ向かった。

「待っ……、次郎さんが風邪ひいちゃ……」

止めようとしたものの、雑にかぶせられた羽織から顔を出したときには、すでに二人の姿はなかった。

代わりに尻尾《しっぽ》を振るマメと目が合い、羽織ごとその体を抱きしめる。

「マメが次郎さんたちを呼びに行ってくれたんだね」

『わう』

「ありがとう……」

マメの柔らかい感触と、羽織に残る体温が、混乱した気持ちをゆっくりと落ち着かせた。

改めて思い返すと、さっき視《み》たものすべてが夢の中のような出来事のように思えてならなかった。

しかし、足元に転がる小面と開け放たれたままの離れの戸が、すべて現実だと物語っている。

「会えない、か……」

澪はなかば無意識に、小面からの訴えを口に出した。

小面が、風に煽《あお》られカランと音を立てる。

澪の脳裏には、小面の苦しげな泣き顔が焼きついたまま離れない。

澪は小面をそっと拾い上げ、頬に残る涙の跡を拭《ぬぐ》った。

「あなたの仲間が、閉じ込められてるってこと、だよね……？」

小面からは、もう反応はない。

ただ、そのときの小面の表情は、どの角度から見ても悲しげに見えた。

やがて、次郎たちが戻ってきたものの、沙良に意識が戻る気配はなく、晃がやれやれといった様子で姿勢を落とす。

そして、沙良の腕を肩に回して立ち上がった。

「いーよ、この子は僕が連れてくから。部長さんは澪ちゃんの話聞いてあげて」

「晃くん……」

「力仕事は向いてないのに、こういうときに限ってデカい二人は爆睡してるし」

「爆睡……？」

「高木くんの方は多分気絶かな。この気配に当てられたみたいだよ。ま、全員で動くと目立つから別にいーけど」

文句を言いながらも、晃は意外にも軽々と沙良を背負う。

澪も次郎に腕を引かれて立ち上がり、その後に続いた。

「……次郎さん。小面が、沙良ちゃんの体を借りて私に訴えかけてきたんです。……離れには、たくさんの霊が閉じ込められたまま出られなくなってしまってるみたいで……、会えない、出してって」

部屋に戻りながら澪が口にしたのは、ほぼ確信に近い仮説。

口調が神妙になってしまった理由は、言うまでもない。

冷静になった頭で考えると、閉じ込めるということは、人の、——つまり能力者の仕業である可能性が高いからだ。

次郎もそれを察したのか、眉間《みけん》に皺《しわ》を寄せた。

「結界か」

「わかりませんけど……、でも、そういえば、昨日マメが離れの中で一回も姿を見せなかったなって……。だから、もしかしたら……」

恐ろしくて、仁明の名前を口にすることができなかった。次郎はそんな不安を見透かしたかのように、首を横に振る。

「まだ決めつけるな。結界を張る程度なら、そこらの霊能者にもできる」

「そうですけど……、でも……」

離れの霊を閉じ込めていたのが結界の作用だとして、マメのような無害な魂すらも通さないとなると、その効力は相当なものだ。誰にでも張れるとはとても思えず、澪には楽観的に考えることができなかった。

「離れのどこかに、お札があるかも……。捜してみますか……？」

声が、つい震える。

すると、次郎が小さく溜《た》め息をついた。

「……そう気を張るな。いずれにしろ、暗い中で捜すのは効率が悪い。もう少し明るくなってからだ」

「……わかりました」

澪を気遣っての言葉だとわかっていながらも、精神的に疲れきっていた澪は、その言葉に甘えて頷く。

やがて、晃は沙良を桐の間の寝室に運び入れ、布団の上に下ろした。

「あー……超疲れた」

「晃くん、ありがとう……」

「いいよ、いくら僕が非力でも、女の子一人くらい運べるし。倒れたのがリアムだったら詰んでたけど。……ってか、この子桐の間に下ろしちゃったから、澪ちゃんもこっちの部屋にいなよ。疲れただろうし、宮川さんの横で寝てる？」

「ううん。眠れそうになくて」

「……なんだか、やばい目に遭ったみたいだね」

そう言う晃の視線の先にあるのは、澪が手にしたままの小面。

あのまま置いておくわけにもいかず、澪は部屋に持ってきていた。

ただ、小面からはさっき覚えたような悲しみはもう伝わってこず、すっかり元の中間表情に戻っている。

「……じゃあ、とりあえず居間に行こ。で、さっきなにがあったか聞いてもいい？」

澪は頷き、居間に戻ると壁にもたれた。

マメが膝《ひざ》にふわりと飛び乗り、不安げな目で澪を見上げる。

「マメ、ありがとう……。大丈夫だよ」

そう言うと、マメはゆるゆると尻尾を振り、そのまま丸くなった。

その背中をそっと撫《な》でながら、澪は一連の出来事をゆっくりと思い返す。

「最初はおかしな気配がして……、次郎さんに相談に行こうと廊下に出たら、通用口の方に向かう人影を見た気がしたんです。そしたら、沙良ちゃんが、小面を見た気がするって言いだして――」

静かに聞いている次郎と晃の前で、澪は、視《み》たものや聞いたことをすべて、順を追って話した。

すべてを話し終えると、次郎は小面を手に取り、難しい表情を浮かべる。

「会えないってことは、こいつは逆に離れに入れなかったってことか」

「でも、展示されてたものなら、元々中にいたんじゃ……」

「当然、物理的に出入りすることはできる。が、この小面が仲居のいたずらに使われていたものだとするなら、持ち出されている間に結界が張られ、中身だけが入れなくなった可能性が高い。だとすると、会えないと訴える意味もわかる」

　確かにその通りだが、そう考えるには違和感があった。

「ですけど、離れに小面がない時間帯って、楓さんが持ち出していた夜中ですよね……？　次郎さんの予想通りなら、夜の間に誰かが結界を張ったってことに――」

　言い終えないうちに、澪の頭に過《よぎ》る不穏な予感。

「まともな霊能者にお祓《はら》いの相談をしたなら、普通は夜中にこっそり結界を張らせる指示なんてしないよね」

　まさに、晃が呟《つぶや》いた通りだった。

　すると、次郎がさらに言葉を続ける。

「あの仲居は、ここ数ヶ月で目撃談が増えたと言ったな。つまり、結界が張られたのもここ数ヶ月で、たびたび目撃されるようになったのはこの小面に憑《つ》いた霊だと考えられる。おそらく、結界のことは仲居にも知らされてないんだろう」

「でも、どうしてそんなにこっそり……」

「溝口が言った通り、霊能者から指示されたとしか考えられない。つまり、口止めだろう。まともな商売をしていない霊能者は、真っ当な手段を使わないぶん、手の内を伏せたがる」

「…………」

次郎の頭に誰が浮かんでいるのかは、聞くまでもなかった。

口止めのようなタイミングで重症を負った伊東夫妻のことを思い出し、澪は震えだした手を強く握る。

「……お札を見付けられたら、判断できますね」

「そうなるな。霊が玄関でひしめき合っていたなら、お札はおそらく戸の周囲にある。……もう少し明るくなったら捜すぞ」

「……はい」

頷《うなず》いたものの、澪は動揺を抑えられなかった。

日が短いこの時期、外が明るくなるまではあと一時間程。

待つことにはすっかり慣れたつもりだったけれど、突如仁明が関わっている可能性が濃くなり、時間が経つのがやけに長く感じられた。

心の中は複雑で、仁明の動向を摑《つか》めるかもしれないという期待感と、いっそ逃げてしまいたい程の不安が絡み合っている。

それ以降三人の間に会話はなく、静かな部屋には、晃のタイピング音だけが響いていた。

「――行くぞ」

次郎がそう呟いたのは、外がかすかに白みはじめた六時過ぎ。

日の出まではまだ少し時間があるが、物捜しをするには十分な明るさだった。

澪は頷き、ひとまず沙良を起こそうと、寝室に入って肩にそっと触れる。

うっすらと目を開けた沙良は、なんとか体を起こしたものの、しばらく呆然《ぼうぜん》としていた。

「……なんだか、おかしな夢を」

どうやら、沙良は昨晩のことをすべて夢だと思っているらしい。ただ、詳しく説明している暇はなかった。

「ごめん、後で全部話すから、今から離れに付いて来てほしいの」

「離れに……？」

沙良は首をかしげる。しかし、澪が離れに戻すために手にしていた小面を見て、たちまち顔色を変えた。

「その小面……、昨日私の夢に……」

「沙良ちゃん、……それ、夢じゃないの」

沙良の瞳《ひとみ》が大きく揺れる。けれど、図抜けて肝が据わっている沙良は、それ以上の動揺を見せずにゆっくりと頷いた。

「……一応、把握は、しました。……では、離れにはそれを返しに行くのですね」

「それもあるけど、……離れに仁明のお札があるかもしれないから」

「……そういうことですか」

頭の回転が速い沙良は、それだけで自分なりの理解をしたらしい。なにも聞くことなく、立ち上がって着崩れた浴衣《ゆかた》を直した。

そして、リアムと高木は部屋に残したまま、澪たちは部屋を出て離れに向かった。

外は小雪がちらついていて、外に出るやいなや、冷たく締まった空気が一気に体温を奪う。

けれど、限界まで高まった緊張のせいか、寒さは感じなかった。

幸いまだ人の気配はなく、四人はさほど周囲を気にすることなく石畳をまっすぐに進む。

しかし、離れの屋根が見えはじめた頃、澪はふと違和感を覚えた。

「次郎さん……、なんだか……」

「……ああ。変だな」

みなまで言わずとも、次郎も同じことを感じていたらしい。

というのも、離れに近寄るごとに感じるはずの不穏な気配が、そのときはまったく感じられなかったからだ。

不穏な気配どころか、辺りは逆に不自然なくらいになんの気配もない。それは、気のせいとして処理するには、あまりに奇妙だった。

「もしかして……、結界がなくなってるんじゃ……」

そう口にした瞬間、次郎が眉根《まゆね》を寄せた。——そして、そのとき。

「……静かに。誰かいる」

間もなく離れを囲う竹の柵《さく》に差し掛かろうというタイミングで、次郎が皆を制した。

たちまち緊張が込み上げ、澪たちは足を止めて次郎の背後に隠れ、離れの敷地の中をそっと覗《のぞ》き込む。

そして、目に映った光景に、思わず息を呑《の》んだ。

「……楓さん……？」

思わず声が漏れた。

離れの前に立っていたのは、楓だった。

まさかの展開に、澪は混乱する。

頭の中に広がっているのは、楓が仁明と通じているのではないかという、もっとも最悪な予想。

小面を使って心霊現象を演出するという、取るに足らないいたずらを仕掛けた楓のことは除外して考えていたけれど、こんな早朝に離れにいるのはどう考えてもおかしい。

ただ、奇妙なのは、とくにコソコソするでもなく、呆然と立ち尽くすその様子。

なにかを企んでいるにしては、あまりにも無警戒だった。——そのとき。

「……ここでなにしてる」

唐突に、次郎が声をかける。

振り返った楓は少し驚いていたけれど、やはり大きな動揺は見て取れなかった。

澪たちも次郎に続いて顔を出すと、楓はこてんと首をかしげる。

「こんなに寒い中、お散歩ですか？」

「……えっと、……はい」

「君は？」

晃がすかさず質問を返すと、楓は一度離れの方に視線を向け、少し不思議そうな表情を浮かべた。

「実は、私がいたずらに使っていた小面が、何故だか部屋からなくなっていまして……。とても考えにくいことですが、誰かが見付けて離れに戻したのかもしれないと、様子を見に……」

それを聞いて、澪は咄嗟《とっさ》に小面を背中に隠し、曖昧《あいまい》に笑う。

「そ、そうだったんですね……。か、勝手に動いた、とか」

「またそんなことを」

きっぱりと否定する楓に、不審な点はまったくなかった。ここにいた理由の説明にも、とくに不自然さはない。

澪はひとまずほっと息をついた。ただ、楓がここにいては、お札を捜すことはできない。

　なんとか立ち去ってもらわなければと、澪は必死に頭を働かせる。

「そ、それで……、もう離れの中は確認し終えたんですか？」

「ええ、見ましたが、ありませんでした。——ただ、おかしなことがあり……」

　ふいに、楓が意味深に言葉を濁した。

「おかしなことって？」

　晃が興味津々な様子で身を乗り出す。

「小面だけでなく……、なかったんです。——鬼神の面が」

「鬼神……？」

　意味を理解するより早く、背筋がゾクッと冷えた。

　鬼神とは、金色の目をした恐ろしい表情の面。昨晩、離れから出られず澪を睨《にら》みつけていたときの迫力は、今も脳裏に焼き付いている。

　体が震えはじめた澪の手を、沙良がそっと握った。

　一方の楓は、とくに怯《おび》える様子はない。

　その理由は、すぐに明らかになった。

「……ただ、先程まで社長代理が来ておりましたので……、先代に頼まれて持ち出したのかもしれません。……よくあることですし」

「え……？　社長代理……って」

「なにか……？」

「今、いたんですか……？　ここに……？」

社長代理とは、津久井だ。動揺を隠せない澪に、楓は不思議そうに頷《うなず》く。

「ええ。社長代理は、私のいたずらのせいで噂になっている一連の騒ぎのことをかなり気にしておりまして、昨晩の件も当然仲居頭から聞いているでしょうし、鬼神面を持ち出すついでに様子を見て行ったのではないかと……」

確かに、津久井はきた本で噂になっている心霊現象にずいぶん怯えていると、須川が話していた。

　次期社長であり現社長代理という立場上、気にして様子を見に来たという楓の予想はとくに不自然ではない。しかし、噂に怯えているような人間が、誰もいないこんな時間にわざわざ一人で来るだろうかという違和感が拭《ぬぐ》えない。

　すると、楓はさらに言葉を続けた。

「社長代理はとても気が弱く……、正直に打ち明けますと、昨晩皆さんに打ち明けた事情もあり、私は社長代理が怖がることを想像して少しスッとしていました。……ただ、最近はどこぞの霊能者に相談しているという噂を聞きましたので、少しやり過ぎたかと思っ――」

「霊能者……？」

澪は、思わず言葉を遮る。

晃が咄嗟《とっさ》に澪の背中を小突くけれど、とても冷静ではいられなかった。

そんな澪の反応に、楓は不思議そうな表情を浮かべる。

「……はい。正確には、相談に行くと仲居頭に話しているところにたまたま居合わせただけで、実際に行動に移したかどうかまではわかりません。ただ、それ以降霊能者がお祓《はら》いに来たという話は聞いていませんから、考え直したのかもしれませんが。仲居頭は大ごとにしたくないと反対していましたし」

「……なる、ほど」

もっと聞きたいことはたくさんあったけれど、これ以上は不審に思われてしまいそうで、澪は口を噤《つぐ》んだ。

そんな澪の心境を他所《よそ》に、楓は少しいたずらっぽい笑みを浮かべる。

「ともかく、小面がなくなっていることには気付かなかったのか、なにも言われませんでしたので助かりました。……では、私はそろそろ仕事の時間ですので、戻りますね。ごゆっくりお過ごしください」

楓はそう言い残し、足早にその場を後にした。

その後ろ姿を見送りながら、四人の間に重い空気が流れる。――そして。

「……マメ」

次郎が突如マメを呼び、澪の手から小面を抜き取って差し出すと、離れの方を指差した。

すると、マメはその意図を理解したのか、それを咥《くわ》えて玄関へと走り、そのままスルリと戸を通り抜けて行く。

昨日は離れの中に姿を現さなかったマメがあっさりと入って行った事実は、もうここに結界が存在しないというなによりの証明だった。

次郎は、間もなく戻ってきたマメを抱え上げる。そして。

「……結界は、もうないらしい」

確認のように、そう口にした。

緊張感が漂う中、突如晃が離れの玄関まで歩き、地面や軒裏の確認をはじめる。

「お札はどこに貼ってたんだろ。……多分、埋めたってよりは、フラッと来て簡単に剝《は》がせるような場所だよね。ってか、あの仲居さんの証言を信じるなら、お札を持っていったのは津久井さんかな」

「可能性は高いな」

「つまり、津久井さんが仁明の手下？」

「お札を見ていない以上、まだ仁明とは言いきれない」

「でも、僕らが泊まりにきたタイミングで結界を解除するって、偶然にしては気持ち悪くない？　なんだか、全部見られてるみたいじゃん。……そんなこと、普通の霊能者にできるもの？」

晃が核心を衝《つ》いた疑問を淡々と口にするたび、澪の不安がみるみる膨らんでいく。

しかし、次郎はいたって冷静だった。

「あまり妄想を飛躍させるな。結界を解除したタイミングは確かに怪しいが、全部推測に過ぎないだろ」

「ま、そうなんだけど……。万が一見られてたとしたら、さすがにやばいなって」

「わかってる。……だから、津久井の動きは追う」

「どうやって？」

「あまり巻き込みたくないが、信用できるのは伊原か、……もしくは、高木家が使ってる調査会社か……」

「──私にお任せいただけませんか」

突如、二人に割って入ったのは沙良。

途端に、晃が目を輝かせた。

「そういや、宮川さんの使用人の目黒さんって人、すごいやばそうな調査ネットワーク持ってるんだっけ」

「目黒は使用人ではなく、私の目付け役であり世話係です」

「一緒じゃん……」

「いいえ、違います。……長崎さん、目黒は父の持つネットワークをすべて使うことができますので、一般の調査会社よりも精度の高い調査ができるかと」

確かに、その調査能力の高さと群を抜いたスピードを、澪たちは以前に目の当たりにしている。

沙良が言うには、当たり前に社会生活を送っている人間なら、――それこそ仁明のように社会から距離を置いてさえいなければ、ほぼ確実に素性を調べることができるらしい。今回は追跡であり素性調査とは違うけれど、その精度の高さを疑う理由はなかった。

しかし、次郎はしばらく考え込み、それからゆっくりと首を横に振る。

「目黒という人間が行う調査の優秀さは聞いているが、こっちの安全に関わる重要な調査を知らない人間に任せるのはあまり気が進まない」

次郎がそう言うのは無理もなかった。今回ばかりは、一歩間違えれば取り返しがつかないことになってしまう。

しかし、沙良は次郎をまっすぐに見つめ、さらに食い下がった。

「目黒は私の影であり、私の頭の中のすべてを少しのズレなく共有しています。つまり、私の入社の許可をいただいた時点で、今さら目黒を警戒しても無意味です。その気なら、すでに第六リサーチは終わっています。もう引き返せないのですから、使えるものは使うべきかと」

聞きようによっては脅しとも取れるその言葉には、異様な説得力があった。

妙な迫力に固まる澪と晃を他所に、次郎は少しうんざりした表情を浮かべる。

「……まあ、一理あるが」

「では、早速」

沙良は次郎のひと言を許可と理解し、早速携帯を取り出すと澪たちから少し離れた。

複雑な表情を浮かべる次郎を見ながら、晃が堪《こら》えられないとばかりに笑う。

「クレイジーな交渉だよね、今の。ま、毒をくらわばなんとやら……ってやつ？　味方だと信じてられるうちは、これ以上なく頼もしいっていう」

「晃くん、そんな言い方……」

「一応、褒め言葉だから。実際、目黒さんの調査能力が使えるなんて、かなりでかいでしょ。絶対に変なヘマはしなそうだし」

まだ少し悩ましげな次郎と、ただ面白がる晃の間で、澪は複雑な思いを抱えていた。

目黒の協力が大きな助けになることは確かだが、なんとなく、胸騒ぎが止まらない。

それは、仁明に一歩近付けそうな希望からくるものなのか、またはただ怖気《おじけ》付いているだけなのか、澪にはよくわからなかった。

ともかく、こうしてきた本での二日間は終わった。

部屋へと戻りながら、澪はふと振り返り、いっさいの違和感が消失した離れを見つめる。

おそらく、小面の悲しみも鬼神の怒りもすべて解消されたのだろう。

いつもの調査なら、少しはスッキリした気持ちになれていたかもしれないが、澪の心はこれ以上ないくらいに重い。

心のどこかで、――すべて杞憂《きゆう》だったと、お金の無駄だったという文句を聞きながら帰ることを望んでいたのだと、澪は自覚していた。

「澪先輩……？」

沙良に声をかけられ、澪はビクッと肩を揺らし、慌てて足を踏み出す。

追い付いて横に並ぶと、沙良は穏やかな笑みを浮かべた。

「大丈夫ですよ」

「………」

別に不安なわけじゃないと、私なら心配いらないと、本来なら先輩として言うべき言葉があるのに、喉《のど》に詰まって声にならない。

「……うん」

代わりに零《こぼ》した返事は、――本当は怖くてたまらないのだと、情けない告白をするよりもなお弱々しく響いた。

第二章

「いいなぁ、ミオは。鬼神面が動くところを見たんでしょ？……その才能、僕も欲しいよ……。ねえ、目が合ったときはどんな気分だった？」

　澪たちがきた本から戻り、一週間。

　リアムは晃から寝ている間の出来事を聞いたらしく、暇さえあれば第六のオフィスを訪れ、こうして澪を羨《うらや》ましがっている。

　リアムは能面の芸術性と迫力にすっかり心酔したらしい。ついでに言えば、夜に起きた異変にまったく関われなかったことを根に持っている。

「またその話ですか……？　もう何度も話したじゃないですか……」

「何度聞いても興奮するんだよ。ミオ、あの能面はどこで手に入るんだろう。できれば近代に作られたレプリカじゃなく、あそこに展示されていたような年代物が欲しいんだ」

「古美術商とかでしょうか……。でも、高いものは数百万しそう……」

「もちろん、芸術的価値が高ければ、それ相応に値が張ることはわかってるさ。でも、手に入るならそんなの問わないよ。ホテルのロビーに飾りたいな」

「ウェズリーガーデンのですか……？　合う……かなぁ……」

　リアムが言うとあながち冗談にも聞こえず、澪は苦笑いを浮かべた。

そんな澪の反応を見て、リアムが可笑《おか》しそうに笑う。

応接室には、ずいぶんのん気な空気が流れていた。

ただ、黙っているとつい嫌な想像に呑《の》まれそうになってしまう今、リアムとの時間は澪にとっていい気晴らしだった。

もちろん、気を張っているのは澪だけではなく、次郎もどこか落ち着かない様子で、ときどき眉間《みけん》に皺《しわ》を寄せて考え込んでいる。

というのも、沙良を通して目黒に津久井の調査を頼んだものの、今のところ、怪しい行動を取っているような報告はない。

正直それは、澪たちにとって少し肩透かしだった。

というのも、津久井がきた本で起こる心霊現象を霊能者に相談した可能性は、かなり高い。だから、不自然なタイミングで結界が解除されたのは霊能者の指示だと想定し、近々接触するだろうと次郎は予想していた。

もちろん、その霊能者が仁明である確証はまだない。

ただ、津久井が集落出身者であることや、伊東夫妻との関係性を踏まえても、仁明の可能性を外して考えることはできなかった。

そんなモヤモヤを抱えたまま過ごす日々は、とても苦しかった。

ここ一週間というもの、澪は心の中で数々の葛藤《かっとう》を抱えていたし、今はもはや、早く結論が出てほしいという気持ちの方が優《まさ》っている。

だから、毎日沙良を通じて目黒から届く「怪しい動きなし」という調査報告は、澪にとっては生殺しも同然だった。

そんなある日。

突如、伊原が調査依頼を持って第六へやってきた。

正直、他の調査に集中できるような心境ではなかったけれど、こういうときに限って伊原は正しくアポイントを取っており、邪険にすることもできなかった。

伊原は応接室に入ると、集まった澪たちの前にタブレットを差し出す。

「この人、見たことある？」

表示されていたのは、一人の男の写真。

それはただのスナップ写真ではなく、明らかにプロの手によって作り込まれた、いわゆるポートレートだった。

肩まで伸ばしたグレーの髪、黒シャツに、光沢のあるネクタイ。肌はまるで陶器のようにシミひとつないが、画像を加工した跡が散見された。

「……ホスト？」

ひと目見るやいなや、晃がそう口にする。

確かに、その写真はいかにもホストといった雰囲気だった。ただ、澪はその姿にふと既視感を覚える。

「……なんだか、見覚えがありますね……」

すると、伊原が満足そうに笑った。

「さすが。実はこの人が今回の依頼人で梶《かじ》さんって言うんだけど、歌舞伎《かぶき》町界隈《かいわい》で超有名だった元ホストで、最近はテレビにもたびたび出てるからね。今は実業家に転身して、歌舞伎町で何軒もの飲食店を経営してる。噂によれば、とんっ……でもなく稼いでるらしいよ」

「どうりで……。でも、つい最近もこの格好のままテレビで見かけたような……」

「そりゃ、ホストを引退した今も見た目はこのままだからね。本人はキャラ付けだって言ってるけど」

「キャラ？」

「めちゃくちゃ金遣いが派手な人でさ、バラエティ番組に密着させて、マンション買ったり車買ったりしてる。ま、最近のテレビ番組は製作費が渋いらしいから、ある意味救世主なんじゃないかな」

「そ、そうですか……」

また変わった知り合いがいるものだと、澪は肩をすくめる。

すると、伊原はニヤニヤと笑いながら言葉を続けた。

「前から夜の街の関係者と繋《つな》がりたいなって思ってたけど、こんな大物と繋がれて本当にラッキーだよ……。なにせ、どんなに不景気でも他と比べりゃ圧倒的にインフレな業種だし。今後は第六もその恩恵に与《あずか》れるわけだから、気合い入れてよろしく！」

「は、はあ……」

引き気味に返事をすると、横で次郎が大袈裟《おおげさ》な溜《た》め息をつく。

「……早く本題を」

長い前置きにずいぶん不満げだが、澪と同じく疲れ気味の次郎に文句を言う気力はないらしい。

すると、伊原はタブレットを仕舞い、いそいそと資料を取り出した。

「今回はほんと、単純な依頼だよ。さっきの梶さんが経営するキャバクラに霊が出るらしくて、女の子たちが怖がってるからなんとかしてほしいんだって」

「キャバクラに、霊ですか」

「そう。しかもその霊は、たびたび店を利用してた太客なんだとか」

「どうしてわかるんですか……？」

「それくらいハッキリ視《み》えるってことだよ。もはや、かなり噂になっててさ――」

伊原の説明によると、その客の名前は村井《むらい》修《おさむ》。

多いときは週に二度のペースで店を訪れていたが、半年程前に急に音信不通になったのだという。

キャバクラに霊が出るという噂が流れ始めたのは、それから五ヶ月が経った頃。

しかも、見間違いとして片付けるには無理がある程に、頻繁に目撃されたらしい。

そんな中、ホステスの一人が、霊の姿が村井に似ていると言い出した。

すると、それに同意するホステスが続々と現れ、瞬く間に〝村井は亡くなり、それでもなお店に通っている〟という噂が広がったのだという。

やがて、村井が指名していたホステスは怯《おび》えて店を辞め、怖いからと出勤を嫌がるホステスもチラホラと出はじめ、それは一ヶ月が経っても収まることなく、そもそも霊に懐疑的な梶も、ついに楽観視できなくなったらしい。

そして、仕方なく調べてみたところ、実際に、村井が半年前の交通事故で亡くなっているという事実が判明してしまった。

逆に信憑性《しんぴょうせい》が増してしまい、さすがに恐怖を覚えた梶が周囲に相談を持ちかけたところ、心霊調査のエージェントをしているという伊原に行き着いたのだという。

「なるほどねー。……ま、ぶっちゃけよくある話だけど、はっきり視えるって聞くと、ちょっと期待しちゃうな」

話を聞き終えると、いつか自分の目で霊を視たいと熱望している晃が目を輝かせた。

相変わらずエンタメ感覚の晃に呆《あき》れながらも、澪は、前置き通りの単純な依頼に少しほっとしていた。

「どう？　受けてくれるでしょ？　コレを片付けたら俺のネットワークが広がるし、報酬も高いし、互いにいいことばっかり」

確かにそれは、とくに迷う理由のない依頼内容だった。おそらく調査もシンプルで、数日間カメラを仕掛けて検証するという、もっとも基本通りのものになるだろう。

即決を見越して、伊原はニヤニヤと笑みを浮かべている。

しかし、次郎だけは、意外にも難しい表情を浮かべていた。

「次郎さん……？」

気になって尋ねると、次郎はかすかに瞳《ひとみ》を揺らす。

「……少し気になるな」

その呟《つぶや》きに、全員の視線が次郎に集まった。

「気になるってどこらへんが？　あ、報酬言ってなかったっけ？　ちょっと待っ……」

伊原が少し焦った様子で、携帯の電卓に数字を打ち込み次郎の目の前に掲げる。

しかし、次郎はそれを鬱陶《うっとう》しそうに払い除《の》け、首を横に振った。

「気になるのは、村井の霊が今になって現れた理由だ。死んだのはもう半年も前だろう」

そう言われ、澪は次郎の違和感を察した。

村井の霊は、多くの従業員たちに目撃される程にはっきりと姿を現しているとのことで、だとすれば強い思い残しがあると考えるのが普通だ。

しかし、村井が店に現れるまでには、五ヶ月間の空白がある。

「確かに、五ヶ月も現れなかったって、ちょっと奇妙ですね……」

「自分が死んだことに気付かないまま生前と同じ行動を繰り返す霊は多くいるが、途中で行動を変えるなんてことはまずない。……考えすぎかもしれないが、さほど単純な案件ではない気がする」

「そう、ですね……」

確かにその通りだと考え込む澪に、伊原の不安げな視線が刺さる。セレブとのネットワークが商売の要である伊原にとって、ようやく得られた梶との接点はそれほど重要なのだろう。

伊原は変な男だが、恩があることも確かで、澪はやれやれと思いながら次郎に視線を向けた。

「……この調査、私が進めてみてもいいですか？」

途端に、伊原の目がわかりやすく輝く。

「澪ちゃん……！」

「手に負えない案件なら引き下がりますけど、とりあえずは現場を見てみなきゃわからないですし」

そう言うと、次郎はしばらく考え込んだものの、結局は首を縦に振った。

「なら、頼む。……溝口も一緒に進めてくれ」

「りょーかい！　早速機材まとめよっと。新宿《しんじゅく》なら通いでしょ？　店の中なら防犯カメラもあるだろうし、それを使えるならたいして大きな荷物にならないよね。澪ちゃん、頑張ろうね！」

晃はおそらく、次郎に指名される前から段取りを考えていたのだろう。

動機はともかく、撮影がメインとなる調査に晃が同行してくれるのはとても心強く、澪は頷《うなず》き返す。

正直、仁明の脅威や津久井の動きなど、不安なことが多い状況ではあるが、待つことしかできない以上、調査に集中していた方が精神的に健全でいられる気がした。

澪たちが歌舞伎町を訪れたのは、伊原から依頼を請けた翌週のこと。

着いたのは、店がオープンする一時間前の十九時。

一般的な会社員は帰宅のピークを迎える頃合いだが、「歌舞伎町一番街《いちばんがい》」と書かれたアーチの奥は、これから一日がはじまるといわんばかりの活気で満ち溢《あふ》れていた。

ひしめき合うビルに、狭い通りを行き交う大勢の人。視線を上げれば、カラオケにダーツバーにカフェに牛丼屋と、あらゆるジャンルの看板が一気に視界に入ってくる。

どこを歩いても人々のざわめきで溢れ、目も耳も休まる暇《いとま》はない。

初めて夜の歌舞伎町を訪れた澪は、テレビで見たままの光景に、ただただ圧倒されていた。

気を抜けばすぐに人にぶつかりそうになり、そのたびに晃が笑いながら澪を端に誘導する。

「澪ちゃん、だいじょぶ？」

「ご、ごめん……。なんか、晃くん歩き慣れてる……？」

「なにその含みのある言い方。すぐそこの映画館にときどき来るくらいで、慣れてはないよ」

「そ、そっか……」

「まあ、後ろのオジサンは、キャバに通い倒してると思うけど」

「………」

後ろのオジサンとは、伊原のことだ。

調査初日は梶が店に顔を出すと聞いた伊原は、同行すると言って聞かなかった。

怖がる伊原にまとわりつかれるという被害に何度も遭っている晃は、伊原に対しての当たりが強い。

ただ、依頼者との顔合わせに苦い思い出しかない澪にとっては、伊原がいてくれた方がむしろ好都合だった。

「……ねえ、俺を舐《な》めないでもらいたいんだけど、通い倒したなんて言葉じゃきかないから。もはや住んでたも同然だから」

「……威張らないでください」

「百パー痛客でしょ」

開き直る伊原に呆れながらも、やがて澪たちが足を止めたのは、白い大理石風の壁に真っ白なLEDライトが埋め込まれた、煌《きら》びやかなエントランスの前。この派手な佇《たたず》まいの店こそが、調査の現場となるキャバクラ「アクア」だ。

上部にはシルバーの文字で大きく「acqua」と書かれている。

さらに見上げれば、ビルの二階より上は古い壁材が剝《む》き出しになっていて、そのチグハグさが歌舞伎町という雑多な街を象徴していた。

「ねえ、アクアの綴《つづ》り、これで合ってる？　Cが余計じゃない？」

「イタリア語なんだよ。梶さん、イタリアが好きだから」

「へー。会ってもないけど、いかにもいけすかなそう」

「……それ、本人の前で絶対言わないでね」

伊原は眉間《みけん》に皺《しわ》を寄せ、先頭を切ってエントランスの奥へと足を進める。

通路も真っ白で曇りひとつなく、まるで天国へ誘《いざな》われるかのようだと澪は思った。

やがて、ガラス戸の前で立ち止まると、伊原は携帯を取り出す。しかし、ガラス戸の奥から黒服の一人が澪たちに気付き、顔を出した。

「申し訳ありません、オープンは二十時ですので、もう少々……」

言いかけて、女性がいることに気付いたのか言葉を止める。そして。

「……第六リサーチ様ですね。お待ちしておりました。代表のところへご案内します」

紳士的に一礼をし、ガラス戸を開くと澪たちを中へ通した。

「……ど、どうも」

澪は戸惑いながら、促されるままさらに奥へと向かう。

やがて通された店内は、エントランスをさらに上回る、非日常的な空間だった。

澪が漠然とイメージしていた雰囲気とは大きく違い、床も壁もソファも、なにもかもが白い。

中央には大きなシャンデリアが下がり、その下には見たこともないほどの大きなフラワーアレンジメントが飾られている。

天井にはゆらゆら動く水色の照明が投影され、まるで水の中にいるかのような演出がされていた。

「――やあ伊原さん、いらっしゃい」

そんな中、突如響き渡ったのは男の声。

視線を向けると、隅のシートに男が座っていた。

見た瞬間、澪はこの人が代表の梶だと察する。というのも、その姿は事前に伊原が見せてくれた写真とまったく同じだった。

写真を見たときは、撮影用にと普段以上のヘアメイクを施しているのだろうと思っていたけれど、どうやらそうではないらしい。

梶は立ち上がると、まるでミュージカルでも見ているかのような演技じみた動きで、澪たちをソファに案内した。

そして澪と晃に完璧《かんぺき》な営業スマイルを浮かべる。

「僕が代表の梶です。お二人が例の第六リサーチの……？」

「は、はい、はじめまして。新垣と申します」

「溝口でーす」

「こんなお若い方々がいらっしゃるとは。ただ、どんな仕事にも言えることだけれど、仕事のセンスに年齢は関係ないからね。今日は僕の城をどうかよろしくお願いします」

「城……？」

目を白黒させる澪を、伊原が肘《ひじ》で小突いた。

「澪ちゃん、この店のことだよ」

「あ、……ああ、はい、城……」

そして、動揺しながら差し出された手を握る。すると、梶は周囲に花が舞いそうな程の鮮やかなウインクをした。

素でウインクする人間をリアム以外に知らない澪は、反応に困り、硬直する。

一方、梶は大袈裟《おおげさ》に腕を振り上げて腕時計を見ると、残念そうな表情を浮かべた。

「おっと……、僕はもうあと一分半で出なきゃならないんだ。ここのマネージャーには調査に全面的に協力するよう言ってあるからご心配なく。では、また」

「は、はい……。頑張り、ます……」

澪がぺこりと頭を下げると、梶はふたたびウインクをくれ、甘い香りを残して立ち去っていく。

しばらく呆然《ぼうぜん》としている澪を見ながら、晃が耐えられないとばかりに笑い声を零《こぼ》した。

「澪ちゃん動揺しすぎでしょ」

「だ、だって……、これまでに会ったことない人種だったから、カルチャーショックというか……。梶さんって、テレビに出てるとき以外もあんな感じなんだ……」

なかば感心する澪に、伊原が苦笑いを浮かべる。

「今から収録みたいだから、すでにスイッチが入ってるんだよ。……まあ、彼にはあまりオンオフがなさそうだけどね。テレビやネットでプライベートを晒《さら》しまくっているけど、全然隙がないし」

「なる、ほど……」

「にしても、あと一分半って秒刻みじゃん。ヘリ移動ならともかく、そんなの一回の信号待ちであっという間に狂うでしょ」

「大事な依頼人にそういう無粋なツッコミは入れないで」

伊原はそう言うが、晃は完全に面白がっていた。

ただ、澪たちを胡散臭《うさんくさ》い目で見てくるタイプの依頼人よりは、はるかに調査しやすいことは確実だった。

澪はようやく落ち着きを取り戻し、改めて店内を見回す。

しかし、今のところ、とくに不穏な気配は感じられなかった。——そのとき。

「今日はご足労いただきありがとうございます」

ふと声が響いて視線を向けると、三十代くらいのスーツ姿の男が立っていて、深々と頭を下げた。

おそらく、この男が梶が言っていたマネージャーなのだろうと澪は察する。

澪たちも立ち上がってお辞儀をすると、男は少し戸惑ったような表情を浮かべた。

「マネージャーの寺岡《てらおか》と申します。事前に拠点となる場所を用意してほしいというお話でしたが、我々の事務所でもよろしいでしょうか。一応中には応接スペースもありますし、デスクも自由に使っていただいて結構です。ただ、とても狭いですし、居心地がよいとは言えませんが……」

ずいぶん恐縮され、澪は慌てて首を横に振る。

「どこでも全然大丈夫です……！　カメラに映るまでは、居座るつもりもありませんから……！」

「映るというのは、まさか、霊が……？」

「あ、えっと……、まあ……」

澪が頷《うなず》くと、寺岡は額に手を当て視線を落とした。

霊の話題に関しては、懐疑的というよりは心から怯《おび》えているように見える。

寺岡もまた、十分すぎるくらいに夜の雰囲気を纏《まと》っているけれど、先に梶と会ってしまったせいか、むしろ安心感すら覚えた。

「そ、そうですか……。まあ、もう気のせいだって言い続けるには無理がありますからね……」

「そんなにはっきり視《み》えんの？　てか、寺岡さんも視た？」

「晃くん……！」

食いつく晃を、澪は慌てて抑える。

すると、寺岡は苦笑いを浮かべて首を縦に振った。

「ええ。閉店後に右奥のボックスシートで、亡くなった村井様によく似た影を視ました。あのシートの中央が定位置だったんです。……私が視たのはその一度きりですが、店の女の子たちはかなり頻繁に視ているようなので、もし話を聞きたいなどのご要望がありましたらおっしゃってください。待機中に限りますが、応接スペースに呼びますので」

「……あの、頻繁に視るって、もしかして営業中にも霊が出るってことですか？」

「ええ。時折出ると聞いています」

「なにそれ、やば」

晃が目を丸くするのは無理もなかった。

通常、霊は人の気配を嫌う。

本気で自分の死に気付いていない場合はそう不自然でもないが、だとしても、やはり五ヶ月間の空白は不自然だった。

おそらく晃も同じ気持ちなのだろう、早速リュックからカメラを取り出し、寺岡に視線を向ける。

「とにかく、映ってみなきゃわかんないから、カメラセットしていい？」

「ええ。オープン前に済ませていただけると」

「もちろん。小型だから五分で十分。あと、フロアを映してる防犯カメラの映像も欲しいんだけど、過去のやつある？」

「防犯カメラの映像は二十四時間分しか自動保存されませんので、今後は都度データを落としておくようにします」

「よかった。……澪ちゃん、僕カメラセットしてくんね」

「あ、う、うん」

澪が考え込んでいる間に、晃はテキパキと撮影の準備を進めた。

その間、澪は、村井の霊が目撃されているというボックスシートに向かう。

「ちょっ……、置いていかないでって」

伊原が慌てて澪の後に続き、澪の背中に隠れてシートを眺めた。

「……営業中にも出てくるって、やばくない？」

「ですね。……でも、それにしてはおかしな気配が全然なくて」

「そうなの？　まったく？」

「いえ、ビル自体が古そうなので、弱い気配ならそこかしこにあるんですけど」

「あるんじゃん！」

「そろそろ慣れてください……」

怯える伊原にやれやれと思いながらも、すでにオープン時間が迫っている今は、あまり構っている余裕はなかった。

　澪はひとまず村井の定位置の横に座る。

　座り心地はさっきと変わらないが、角にあることで店がぐるりと見渡せ、シャンデリアとフラワーアレンジメントを真正面に眺めることができた。

　逆に、周囲からの視線は、目線の位置に立てられた飾りガラスで遮られている。おそらく、かなり計算して設計されたシートなのだろう。

「この席、すごく広いし豪華ですね」

呟《つぶや》くと、伊原は相変わらず落ち着かない様子で頷く。

「そりゃ、見るからに特別な客を通す席って感じだし」

「村井さんって、相当いいお客さんだったんだ……」

「週二で来てたらそりゃ太いでしょ。きっと莫大《ばくだい》なお金を落としてるよ」

　キャバクラについての知見がほとんどない澪でも、頻繁に来ればかなりの出費になることは容易に想像できる。

　しかも、寺岡いわく、ここは村井の定位置らしい。

　こんな豪華な席に、それこそ定位置だと認識される程に毎回通されていたとすると、店にとっても相当に大事な客だ。

「すごいですね……。でも、そんなにお金を持ってたんなら、誰かに妬《ねた》まれたりとか、恨まれたりとか、物騒なトラブルがあっても不思議じゃないのかも。交通事故って、本当にただの事故なのかな……」

思ったまま口に出すと、明らかに引いた様子の伊原と目が合う。

首をかしげると、伊原はむしろ心配そうに瞳《ひとみ》を揺らした。

「……澪ちゃんにしては発想がずいぶん物騒だけど、大丈夫？」

「え……？　あ……」

そう言われ、澪は途端に我に返る。

そして、仁明が生きている可能性が浮上して以来、自分の感覚が麻痺《まひ》してしまっていることを自覚した。

実際、ここ暫《しばら》くというもの、自分の利のために人が呪い殺されていく集落のことや、おそらく口封じのために重症を負わされた伊東夫妻など、闇の深い案件を何度も目の当たりにしている。

そのせいか、見たものや聞いたものをそのまま素直に受け止めることができなくなってしまっていた。

「私、変ですね……、すみません」

「いや、むしろこういう仕事をする上では、いろんな可能性を考えるのは必要だと思うよ。ただ、単純に澪ちゃんらしくないなと思っただけで」

「私らしいって……。私だって、いつも平和でのん気なことばっかり考えてるわけじゃないですから」

「そこまで言ってないし。……ま、でも、自分で自分を変だって思うなら止《や》めた方がいいよ、辛《つら》くなるから。——寺岡さーん！」

伊原は澪の肩を軽く小突くと、突如、寺岡を呼んだ。

晃と一緒にカメラの位置を見定めていた寺岡が、すぐに澪たちの許《もと》へとやってくる。

「どうしました？」

「亡くなった村井さんってぶっちゃけ評判どうだった？　痛客？　トラブルメーカー？　いわゆる悪い金持ち？　殺されたんじゃ……なんて疑惑は？」

「あ、あの……」

いきなり質問を畳みかけられた寺岡は、完全に動揺していた。

しかし、すぐに首を横に振る。

「いえ、すごくよいお客様でした。いつも静かに飲んでらっしゃって、指名されていた子はもちろん、他の女の子たちや黒服たちも含め、誰一人村井様を悪く言う者はいませんでしたから。個人情報なので私から詳しくは申し上げられませんが、数年前に立ち上げた会社がずいぶん好調なようでしたよ。もちろん私はお店での村井様しか存じ上げませんが、少なくとも恨まれるようなタイプではないかと……」

「へー。……了解」

伊原が頷くと、寺岡はぺこりと頭を下げてふたたび晃の許へ向かった。

呆然《ぼうぜん》とする澪に、伊原はニヤリと笑う。

「ってわけで、殺される程やばい人間じゃなさそうだね」

伊原はおそらく、自分自身の変化に戸惑っている澪に代わり、物騒な疑惑を解消してくれたのだろう。

伊原はときどき察しがよく、直接的ではないが過保護で優しい。ただ、今の澪にとって、その優しさは少し苦しかった。

「……そういう気は遣わないでください。私は仕事で来てるんですから」

「自意識過剰すぎ。俺はエージェントだから、質問する権利くらいあるし。それに、高木くんからの依頼は、事前にいろいろ調べてくれてるんでしょ？　君、いつも文句言ってんじゃん」

「ちなみに高木さんなら、もっとちゃんとした資料をくれます」

「すいませんね、忙しいもんで」

「……でも、ありがとうございます。正直に言うと少し戸惑っていたので、助かりました」

流れに任せてぶっきらぼうにお礼を言うと、伊原は茶化すかと思いきや、ただ小さく笑った。

「ともかく、あまり余計なことは考えずに、俺のセレブネットワーク拡大のために尽力してよ。この件をミスられたらまじで困るからさ」

「……ご心配なく。伊原さんが邪魔しなきゃミスなんてしませんから」

「言うね」

伊原の笑い声を聞きながら、澪は、モヤモヤしていたものが少しだけ晴れたような感覚を覚えていた。

やがて、晃がカメラをセットし終えた頃、店に音楽が流れはじめる。

すると、寺岡が脚立を抱え、少し焦った様子で澪たちに視線を向けた。

「すみません、間もなくオープンですので、ひとまず事務所へご案内します」

時計を見れば、いつの間にか時刻は二十時十分前。澪たちは慌てて立ち上がる。

そして、フロアを出て通路の途中にひっそりとある「ＳＴＡＦＦ　ＯＮＬＹ」と書かれた戸の中へ通された。

中は狭くずいぶん簡素で、二つ並んだデスクの上は雑然とし、当たり前だけれど、店内とはまるで別世界だった。

「すみません、一度席を外します。奥が応接エリアですが、防犯カメラのモニターは右側の私のデスクにありますので」

寺岡はそう言い残し、フロアへと戻って行く。

晃は早速寺岡のデスクに座ると自分のパソコンを開き、セットしたカメラの映像と見比べた。

「いい感じ。死角なし」

澪も横からモニターを覗《のぞ》き込むと、晃のカメラは言うまでもないが、防犯カメラの映像もかなり鮮明だった。

数十秒おきに画角が切り替わり、フロアの入口の方では、華やかなドレスを着た女の子たちの姿がチラホラと確認できる。

オープン間近だからか、廊下の方には徐々に人の気配が増え、時折、楽しそうな笑い声が響いた。

「この部屋の向かい側にも戸があったけど、そっちはホステスさんたちの控室みたいだね。そこからたくさん出てきてフロアに集まってるけど、朝礼でもやんのかな」

「え！　モニターに映ってんの？　可愛い子いる？」

伊原がニヤニヤしながらモニターを覗き込み、晃が表情ひとつ変えずにそれを押し返す。

「邪魔すんなら帰ってよ。ってかもう梶さんいないんだから、伊原さんは残んなくていいじゃん」

「いやいや……、そんな目で見ないでよ。別に邪《よこしま》なことなんて考えてないし」

「……伊原さん最低です」

「考えて、な、い、っつったの」

伊原をからかっている間にも、フロアはオープン準備が整ったのか、照明がさらに明るくなりひときわ華やかさを増した。

やがて二十時を回ると早速何組かの客が入店し、次々とテーブル席に通されていく。

煌《きら》びやかな装飾と照明の下、綺麗《きれい》なドレスを着た女性が客に笑顔を浮かべる光景は日常とかけ離れていて、澪は密《ひそ》かに、この世界に惹《ひ》かれる男性の気持ちがわかる気がしていた。

「にしても、本当に大変な仕事だよね、毎日着飾ってお酒飲んで。まあ、僕らに言われたくないだろうけど」

晃の呟きに、澪は頷《うなず》く。

ただ、しばらくモニターをチェックしていたものの、村井が現れるというボックスシートに異変はなく、また、そこに客が通されることもなかった。

「やっぱり、あの席にはあまりお客さんを通さないようにしてるのかな……」

「っぽいよね。ま、営業中でもお構いなしに出るって話だし、ホステスさんたちも怖がってるみたいだから、使いたくないでしょ。早く解決しなきゃ、あの豪華な一席が無駄になっちゃうね」

「そっか……。それは問題かも……」

アクアは内装こそ豪華だが、そこまで席数が多いわけではない。

歌舞伎町のど真ん中となると、おそらくテナント料も相当な額だ。当然、いつまでもいわくつきの席として避けるわけにはいかないだろう。

不憫《ふびん》ではあるが、とはいえ、村井の霊を確認するまでは澪たちにできることはない。

そして、ただただこうして待っているのは、明らかに非効率だった。

「今日は帰ろっか。明日映像を確認して、それ次第で計画立てようよ」

晃がそう提案し、澪は頷く。

伊原だけは少し名残惜しそうにモニターを眺めていたけれど、澪たちが帰り支度をはじめると、慌てて立ち上がった。

そして、こっそり戸を開け黒服の一人に寺岡を呼んでもらい、明日また来る旨を伝えると、澪たちはアクアを後にする。

ビルを出た瞬間に歌舞伎町の喧騒《けんそう》に呑《の》まれ、澪は、まるで夢から醒《さ》めたような感覚を覚えた。

「どう？　村井さんの霊、映ると思う？」

伊原と店の前で別れた後、駅へ向かう道中に晃から突如そう問いかけられ、澪は首を捻《ひね》る。

「普通はいきなり映ることなんてほとんどないけど、今回はどうなんだろう……」

「おかしな気配はなかったんだっけ」

「うん。少なくとも店の中では、無念や恨みみたいなものは全然感じなかった。やっぱり村井さんは浮遊霊に近いのかも」

「ただそこにいるってだけで、別に被害が出てるわけじゃないみたいだしね。……まあ普通の人にとっては視《み》えるだけで大問題なんだけど」

晃が言う通り、たとえ無害だったとしても、堂々と出てこられてしまえば騒ぎになるのは避けられない。ましてや客商売となると、影響は拡大する一方だろう。

「とにかく、明日の結果次第だね。そういえば、店に顔を出せるのはこの時間帯だし、調査中の出勤は現地集合で十九時にしろって部長さんが」

「そっか。……だけど、沙良ちゃんと顔を合わせる時間が減っちゃうな」

「いつの間にそんなに情が移ったの？」

「情っていうか、いつも必死だから心配で」

沙良といると、澪はつい、まったく余裕がなかった頃の自分を重ねてしまう。

ただ、澪の場合は入社した頃に次郎しかおらず、ほとんど一緒に行動していたからこそ、焦りも暴走もすべてカバーしてもらっていた。しかし、今の沙良には、澪を除いてそんな存在がいない。

「沙良ちゃんにも同行してもらえばよかったかも。……いっそ呼んじゃおうかな」

「残念。オフィスに人が少ないから宮川さんはしばらくリモートだって」

「え？……次郎さんは？」

「なんか、細かい依頼を片付けるって言ってたよ。ちなみに牧田さんは吉原不動産に籠《こも》るとか」

「……そっか」

「てか、宮川さんを甘やかしすぎ」

晃にぴしゃりと言い放たれ、澪は溜《た》め息をつく。

やがて地下鉄の入口に着くと、晃は澪に手を振った。

「じゃ、今日は新宿の家に帰るから、また明日ね」

「あ、そうなんだ？……送らせちゃってごめん」

「仮にも夜の歌舞伎町だし、一人で歩かせらんないじゃん、こんな挙動不審な人」

「挙動不審って……」

「じゃね。気をつけて」

晃は沙良を甘やかし過ぎと言うが、なにも言わずに送ってくれる晃も大概だと澪は思う。

ただ、気を遣わせないよう皮肉を残すところが、いかにも晃らしかった。

澪は晃と別れると、改札に向かって階段を下りながら、ふと、今日の出来事を思い返す。

現場には気配は感じなかったし、思い返せば、マメも姿を現さなかった。

目撃談だけが少し奇妙だったものの、やはり、取るに足らない小さな案件に分類するのが妥当だろう。

早ければ数日で終わるかもしれないと考えながら、澪はホームへ向かう。

ただ、電車を待つ人ごみの中、――なんの変哲もない慣れた光景の中にいても、なぜだか、心はザワザワと落ち着かなかった。

翌日。

澪たちは昨日と同じく十九時にアクアに到着し、早速録画した映像を確認した。

防犯カメラと晃がセットしたカメラを早回しで同時に再生したものの、営業時間中にはなんの異変もなかった。

けれど、録画時刻が夜中の三時を回った頃、突如、晃が画面の一部を指差し声を上げる。

「やば……、ばっちり映ってんじゃん」

見れば、確かに例のボックスシートにはぼんやりと人影が映っていた。

それは、小柄な中年の男。広いシートにたった一人でぽつんと座る姿は、怖いというよりも、なんだか寂しくなるような光景だった。

「この人が村井さんなのかな……」

「状況的に間違いないでしょ。早速映ってよかったね」

「そうだけど……、なんだか思った以上に……」

「なに？　無害そう？」

「……うん」

村井の姿は、まさに晃が表現した通りだった。

実際に映像を通して姿を見ても、不穏な気配どころか感情ひとつ伝わってこない。いわば、無だ。

言ってしまえば、廃校や廃施設に彷徨《さまよ》っていた浮遊霊たちよりも主張が感じられない。

しかし、それにしては姿がはっきりしている。

霊に明確な法則はないとはいえ、これまでの経験から考えると、村井の姿には矛盾を感じずにいられなかった。

「ちょっと寺岡さん呼んでくるね。念のためにこの人が村井さんかどうか確認してもらおう」

考え込む澪を他所《よそ》に、晃はどこか楽しげに事務所の戸を開け、オープン準備をしていた寺岡を手招きする。

寺岡はなにかを察したのか、さも不安げな表情を浮かべてモニターの前に座った。

そして、静止させていた画面を見るやいなや、目を見開く。

「こ、これは……」

「早朝三時頃の録画映像です。この方、村井さんですか……？」

「えっと……、はい。……間違いないと思います……。というか、こんなにもはっきり……。霊って本当にカメラに映るんですね……」

寺岡は顔面蒼白《そうはく》になって画面から視線を逸らした。

「霊って電気と相性いいからカメラに映るし、霊障だって大概は最初に照明に反応があるよ」

「は、はあ……」

　淡々と補足する晃に、寺岡は信じられないといった表情を浮かべる。

　ただ、澪は晃の説明を聞きながら、ふと違和感を覚えていた。

「ねえ晃くん、そういえば、霊障が全然なさそうだね……」

「うん？……あ、確かに」

　注意して見返してみても、村井が映る映像には画面の乱れひとつなく、物が動いているような様子もない。撮影のために非常灯だけは点《つ》けてもらっていたけれど、その光も安定している。

「なんだか精霊みたい……。ただここにいるだけって感じ……」

「精霊、ですか……？　これが……？」

　寺岡は、まったく理解できないといった様子だったけれど、心霊現象に耐性のない人間ならば当然の反応だった。

　澪はしばらく考え、それから寺岡を見つめる。

「……あの、私、村井さんと接触してみたいんですけど」

「は……？」

「今晩、このまま待機させてもらうことは可能ですか？」

「えっと……、つまり、朝までここで過ごすということですか……？」

「はい。事前に伊原さんから梶さんに、そういうこともあり得る旨の説明がされてるはずですが、一応、寺岡さんからも確認を取っていただけると……」

「……わかり、ました」

寺岡は頷《うなず》くと、携帯を取り出し応接エリアの方で通話をはじめた。

会話は聞こえないけれど、時折動揺しきった相槌《あいづち》が聞こえ、晃がクスクスと笑う。

「なんだか新鮮だね、あの反応。害どころか霊障もない霊なんて、マニアなら興味すら示さないのに」

「私たちが麻痺《まひ》しちゃってるだけだから」

「それはまあ、そうなんだけど」

澪は、電話が終わるまでの間、村井が映る映像を何度も巻き戻して確認した。

ふと思い出すのは、吉原不動産に入社した頃のこと。

当時の澪もまた、霊が映った映像を直視することができなかったし、どんな小さな気配にも怯《おび》えていた。

今も恐怖が消えたわけではないけれど、明らかに当時とは違う。

これが慣れや成長だとすれば誇らしくもあるけれど、伊原が口にした「澪ちゃんらしくない」という言葉が、まだ心の奥の方に引っかかっていた。

深い意味を含んだ言葉ではなかったはずだが、あのとき澪は、唐突に、大切なものを失ったような気になった。

村井の霊を見てもさほど緊張しないのはそのせいなのか、または仁明のことで心が疲れてしまっているせいなのか、考えはじめるとたちまち頭痛を覚える。

「――新垣さん、もしかして具合悪いですか？」

声をかけられて顔を上げると、寺岡が澪に温かいおしぼりを渡してくれた。

澪は慌てて首を振り、苦笑いを浮かべる。

「すみません、ちょっとぼんやりしていて。……おしぼり、ありがとうございます。あの、梶さんは……」

「皆さんのご判断にお任せするとのことです。ただ、お二人だけを残して帰れませんので、私も一緒にいるようにと」

「え、そんな……！　寺岡さんを巻き込むようなこと……！」

「いえ、私は事務処理などもあるので、帰る時間はいつもとさほど変わりません。……霊を待つと考えると、正直怖いですけど。自分はお化け屋敷も無理な人間なので……」

「す、すみません……。なるべく寺岡さんが怖い目に遭わないように配慮します……。あ、そうだ、これ持っててください」

澪はふと思いつき、バッグからお札を取り出して寺岡に差し出す。

それは、調査が始まる前に次郎から預かってきたものだ。

寺岡はそれを受け取ると、眉《まゆ》を顰《ひそ》めた。

「お札、ですか？」

「はい。胡《う》散《さん》臭《くさ》く感じるかもしれませんけど、結構強力ですよ。肌身離さず持っててください」

「胡散臭いだなんて……。むしろ、霊の噂が出て以来、私を含め従業員たちが聞き齧《かじ》った知識で盛り塩やらお守りやらとありとあらゆる対策を練っていましたから、そんなこと言えません。……でも、これはいかにも本物という感じがしますね……」

「効果は保証します」

澪がそう言うと、寺岡はそれを注意深くジャケットの内ポケットに仕舞った。

そのとき、晃がふいにデスクの端にぽつんと置かれたお守りを持ち上げる。

「ねえねえ、もしかして、コレも〝あらゆる対策〟の一貫？」

それは、一見すると、神社で売られているなんの変哲もないお守りだった。ただ、表面には「悪霊退散」という、お守りとしてはあまり一般的でない刺繍《ししゅう》が入っている。

寺岡は頷き、恥ずかしそうに笑った。

「ネットで買ったものです。……隠しておけばよかったな」

「ウケる。こういうのが店にいっぱいあんの？」

「ええ。効くという噂を聞いては皆が飛びついてましたから、かなりあると思います。女の子たちの更衣室には、盛り塩はもちろん十字架や水晶も置いてあるとか」

「十字架に水晶……。なんでもありだね」

「ちょっとこじらせてまして……」

事務室に、晃の楽しげな笑い声が響く。

澪もまた、悪いとは思いながらも、必死に除霊グッズを買い漁《あさ》る寺岡を想像して、つい笑ってしまった。

「ってかさ、そんなことするくらいなら、お坊さんとかに来てもらって、てっとり早くお祓《はら》いしようとは思わなかったの？」

「もちろん思いましたが、あまり大掛かりなことをすればこの界隈《かいわい》ではすぐに噂が広まりますし、中には足を引っ張りたい輩《やから》もいますから、下手すれば致命的ダメージを受けかねないと悩みどころでした。そんなときに梶が知人から第六リサーチさんのことを聞きまして。失礼ながら、第六リサーチさんの存在自体がほとんど知られていないようでしたから、妙な噂が広がる心配もないかと」

「ま、確かに。お坊さんが出入りするよりは僕らの方が違和感ないもんね」

伊原が持ってくるほとんどの案件に言えることだが、わざわざ第六を指名する理由はだいたい共通している。

まさに今回と同様、たとえ費用が高くついたとしても、おおごとにせず迅速な解決をと要望されることが多い。

セレブに多くの客を持つ伊原は、その点において信頼があるのだろう。改めて、上手《うま》く世渡りしているものだと澪は感心した。

やがて、店のオープンの時間になり、寺岡は事務所を後にする。

晃は、早くも録画に村井が映っていたことで俄然《がぜん》やる気が増したのだろう、ボックスシートの映像を興味津々に見つめていた。

その間、澪が次郎に朝まで様子を見る旨をメールで連絡すると、返ってきたのは「了解。明朝に報告を」というひと言。

素っ気ないけれど、信頼されている証《あかし》だと思うと背筋が伸びる思いだった。

ただ、――その日も、結局営業中に村井が現れることはなかった。

閉店時間の一時を回った頃、なかなか帰ろうとしなかった最後の客がようやく席を立ち、カメラには黒服たちが片付けや掃除を始める光景が映る。

やがて、フロアの照明は非常灯のみになり、ときどき聞こえていた女の子たちの声もすっかり消え、寺岡が事務所に戻ってきた。

「寺岡さんお疲れ様。……ってか、キャバクラって朝方までやってんのかと思ってたけど、意外と早く閉まるんだね」

晃が労《ねぎら》うと、寺岡は苦笑いを浮かべる。

「一応、営業可能な時間が風営法で定められてますから。通常は午前零時まで、歌舞伎町は条例があるので一時までなんです。まあ、中にはこっそり朝まで違反営業している店もありますが、梶がオーナーをしている店はどこも守ってます。彼はもう半分業界人ですし、叩《たた》かれたら終わりですから」

「なるほど……。さっき聞いたお祓いの件と同じで、危険な芽は摘みたいってことね」

「その通りです。お陰で従業員は助かっています。私は若い頃からずっとこういう仕事をしていますが、無茶苦茶な店をいくつも見てきましたしね」

　確かに、SNS社会と呼ばれる今、よくも悪くもあっという間に情報が拡散されてしまうせいで、注目を浴びている人間はとくに慎重になる必要がある。

　人の目が行き届き、クリーンな社会になるのは良いことだと思う一方、拡散される情報が必ずしも事実である確証はなく、店側の気苦労を思うと少し不憫《ふびん》でもあった。

「大変なんですね……。いろいろ」

「私にとっては、むしろ新垣さんや溝口さんたちのお仕事の方がよほど大変に見えますよ。霊の調査をするなんて、伊原さんから初めて聞いたときはとても信じられ……すみません」

「いえ、全然。私も入社するときは胡散臭いと思ってたので。……ってか、私たちのこと、伊原さんから聞いて知ったんですか？　梶さんからじゃなくて？」

「ええ。実は、梶に私を紹介してくださったのも伊原さんです。伊原さんは私が若い頃に働いていた店の常連で、それからずっと付き合いがありまして。前の店が潰《つぶ》れたときに、伊原さんが私を梶に、大変優秀な人材であると誇張してプレゼンしてくださったお陰で今があります。ただ、梶が伊原さんにこの件を依頼していたことは、数日前まで知りませんでしたが……」

　思いもしなかった繋《つな》がりに、澪は驚く。

すると、晃が苦笑いを浮かべた。

「寺岡さんは明らかに優秀だから、伊原さんは梶さんと繋がりたい一心で献上品として寺岡さんを利用したって考えた方が納得いくけどね」

「そ、そんなことは……」

「まー、でも伊原さんの知り合いって聞いたらちょっとほっとするね。通ってた店の店員さんだったってことは、いわば、プライベートの知り合いに近いわけでしょ？　あのヒト嗅覚《きゅうかく》すごいし、仕事以外では怪しい人間に関わらなそうだから」

「過大評価だと思いますが……、恐縮です」

言い方はともかく、澪は晃の言葉に共感する。現に、伊原と付き合いが長いと聞いた途端、寺岡に対して妙に安心感が生まれていた。

「というか、ずっと思ってたんですけど、私たちにはそんな畏《かしこ》まった話し方しなくても大丈夫ですよ。晃くんなんて、依頼をいただいた身でありながら最初からタメ口ですし……」

「僕はほら、敬語使えないから」

「開き直らないで……」

澪が晃を睨《にら》むと、寺岡は可笑《おか》しそうに笑う。その表情は、幾分肩の力が抜けているように見えた。

「この話し方は梶が謳《うた》っている店のコンセプトに合わせたものでもあり、もはや癖なんですけど、……今日は朝までご一緒するわけですし、では少し崩しますね。ただ、梶が礼儀に厳しいので、内緒にしていただけると」

「全然崩れてないじゃん。内緒ね、でいいよ」

「……なるほど。染み付いてしまってました」

「ウケる」

たわいのない会話が繰り広げられ、事務所は穏やかな空気に包まれる。――しかし。

なにげなくモニターに視線を戻した瞬間、澪は息を呑《の》んだ。

「なん……」

思わず声が漏れる。

なぜなら、ボックスシートを撮る映像には、さっきまではいなかったはずの人影が映っていたからだ。

その姿は、間違いなく村井だった。むしろ、録画した映像を再生しているのではと疑う程、なにもかもが昨日とまったく同じだった。

「……映ってんじゃん」

横から覗《のぞ》き込んだ晃が目を輝かせる。

一方、寺岡は明らかに動揺し、胸ポケットからお札を取り出し強く握った。

「ほ、本当に出た……」

そんな二人を他所《よそ》に、澪は妙な違和感を覚える。

なにより奇妙なのは、こんなに近くで待機していてもなお、霊障どころか気配ひとつ感じなかったこと。

いくらなんでも、そんなことはこれまでにない。

澪は戸惑いを隠せず、村井の姿を呆然《ぼうぜん》と見つめる。

ただ、待機中に早速姿を現してくれたことは、ある意味幸運とも言えた。

澪はしばらく考えた後、ゆっくりと立ち上がる。

「……私、ちょっと村井さんの近くに行ってみます」

「はい……？」

信じられないといった表情を浮かべる寺岡を他所に、晃はとくに驚きもせず、澪に片手を挙げた。

「澪ちゃん、よろしく。無茶はしないでね」

「……大丈夫」

澪はインカムを付けて事務所を出ると、フロアへ入ってフラワーアレンジメントが置かれている中央まで移動し、ひとまず呼吸を整える。

そして、そこからボックスシートの方をそっと覗くと、映像で視《み》た通り、そこにはぽつんと座る村井の姿があった。ただ、実際に目にした村井は、カメラ越しに視る以上にぼんやりしている。

なんだか、不思議な気分だった。

こんなに近寄っているというのに、やはり霊障がなにもない。空気も張り詰めておらず、気温にも変化はない。

「マメ」

こっそりと名を呼ぶと、足元に現れたマメが澪を見上げた。

「……どう思う？」

『クゥン……』

マメもまた、村井がどういう存在なのか判断しかねているようだった。ただ、戸惑ってはいるものの、警戒している様子はない。

これほど接近してもなお、疑問はただ増す一方だった。

頻繁に姿を現しながらなんの無念も意思も伝わってこないという、いわば矛盾した存在に、澪はこれまで出会ったことがない。

「……もう少し近寄ってみるね」

澪はインカム越しにそう伝え、気配の変化に注意しながら、ゆっくりと村井との距離を詰める。

しかし、やはり反応はない。

なんだかリアリティがなく、まるでホラー映画を観ているようだと澪は思った。

ただ、村井までほんの三メートル程の距離まで接近したとき、――これは、確かに霊に違いないと澪は確信する。

俯《うつむ》く姿からほんのかすかに伝わってくるのは、人が持つ感情。

ただ、それは怒りとも恨みとも違い、とても静かなものだった。

心がざわめき、澪はその場に立ち止まる。

「……村井さん……？」

名を呼んでみたものの、村井はぴくりとも動かなかった。

「ここに、思い残しがあるんですか……？」

質問を投げかけても、なんの変化もない。

おそらく、質問が核心に触れていないのだろうと澪は思う。

澪はこれまで何度となく霊との会話を試みてきたけれど、霊にはそれぞれ、突如強烈に反応を見せる引き金のような言葉があった。

「誰かに、会いたいんですか……？」

澪は必死に頭を働かせ、思いつく限りの仮説を頭に巡らせる。

「心配なことがある、とか……、許せない人がいるとか……」

しかし、相変わらず村井に反応はない。

澪はさらに一歩近寄り、膝《ひざ》をついて村井を見上げた。

村井との距離は二メートル程。

しかし、なんの感情も映さない目が澪の方を向くことはなかった。

やがて、村井の姿は徐々に薄くなり、まるで非常灯の灯《あか》りに溶け込むかのように消えていく。

「村井さん……？」

澪はその場から動くことができず、村井がいた場所をただ呆然と見つめていた。

「……消えたね」

インカムから晃の声が響き、澪はハッと我に返る。

村井が消えても辺りの空気に変化はなく、まるで夢でも見ていたかのような感覚だった。

釈然としないけれど、村井が消えてしまった以上どうすることもできず、澪は立ち上がり、事務所へ戻る。

すると、寺岡が椅子の上で膝を抱え、ガタガタと震えていた。

「あ、あの……、今、一瞬、犬の霊も映っていた、ような……」

「ああ、それはマメだよ。澪ちゃんのペット」

「は、はい……？」

「それより、どうだった？」

晃が椅子を勧めてくれ、澪は脱力するようにそこに座る。

チラリとモニターを見たものの、やはり村井の姿はもうない。澪の心の中には、不完全燃焼のようなモヤモヤした感情が広がっていた。

「どうもなにも、見たまんまだよ……。反応は全然なかったし、会話もできなかった」

「そっか。……あっさり消えちゃったもんね」

澪は頷《うなず》き、モニターをぼんやりと眺める。

まったく手《て》応《ごた》えが得られず、次第に込み上げてくるのは、無力さと虚《むな》しさ。

「っていうか……、目的が全然わかんない……」

愚痴っぽく呟《つぶや》くと、晃も首をかしげた。

「でも、なんの思い残しもないなら、出てくる意味がないよね。……ってか、指名されてた女の子に執着してるってことはないのかな？　その子、もう辞めたんだっけ？」

「え、ええ。……村井様の霊の噂が流れるようになって間もなく。……ですが、そもそも村井様とは同伴もアフターもありませんでしたし、村井様ご自身、ここでの時間をただ楽しまれているといった雰囲気で……、彼女に特別執着していたような雰囲気はとくに……」

「へー。……ま、秘めた恋心まではわかんないけどね」

「それはまあ、その通りですが」

二人の会話を聞き、その可能性もなくはないと思いつつもあまりしっくりこず、澪は黙って考え込む。

晃がそんな澪の肩をぽんと叩《たた》いた。

「そんな難しい顔しないで、もう少し様子見ようよ。いきなりコミュニケーション取れることの方が滅多にないんだしさ。焦る必要ないじゃん」

「……うん。ありがとう」

焦りよりも、澪が引っかかっていたのは村井に対する違和感の方だったけれど、それを言葉にして説明するのは難しく、ひとまず頷く。

すると、晃はほっとしたように笑みを浮かべ、ふたたびモニターに視線を向けた。

しかし、――それからしばらく観察を続けたところで、モニターにはなんの異変も起こらなかった。

モニターはただただ無人のボックスシートを映し出し、マメは澪の膝の上で無警戒に丸くなっている。

晃は、録画した映像の巻き戻しや停止を何度も繰り返しながら、やがて退屈そうに伸びをした。

「ってかさー、寺岡さんはさっきああ言ってたけど、一応、指名されてた子の話も聞いてみたくない？」

ぼんやりしていた澪は、ふと顔を上げる。確かに、たとえ執着していなかったといっても、その子が村井と比較的近い関係であったことは確かだった。

「……そうだね。今のところなんにもわかってないし、あり得る可能性はひとつずつ当たってみた方がいいのかも」

「でしたら、私から連絡を取ってみます。質問の内容をまとめていただけますか……？」

「りょーかい！　ま、でも聞きたいのは一個だよ。周囲でおかしな出来事が起きてないかってことだけ」

「……村井様の姿を視ていないかどうか、ですね」

「そゆこと」

「すみません、お願いします」

頼んでみたはいいが、正直、澪はあまり期待をしていなかった。

というのも、村井は澪がさっき投げかけた、誰かに会いたいのかという問いに、まったく反応を見せなかったからだ。

おそらく、指名の子にさほど執着がなかったという寺岡の話は事実なのだろう。

ただ、現段階では、可能性をひとつずつ当たる他ない。

そして、結局その日はなんの異変も起こらないまま、朝を迎える。

澪たちは寺岡に今夜また来ると伝え、店を後にした。

昨晩とは別の街のようにガランとした歌舞伎町を歩き、地下鉄の入口前で晃と別れると、澪はひとまず携帯を取り出す。

そして、次郎に調査の結果を報告するため、文面を打ち込んだ。

内容は、村井の霊を視《み》たものの、接触しても反応がなかったというシンプルなもの。

澪の心の中には、それだけではとても済まない複雑な思いがあったけれど、それを文字にすることは困難だった。

結局、澪はそのまま送り、携帯をポケットに仕舞う。

しかし、その瞬間、携帯が着信を知らせた。

ディスプレイに表示されていたのは、次郎の名前。澪は驚き、慌てて通話をタップする。

「次郎さん……、起きてたんですか？」

「ああ。……というか、まだ伊原からの案件を調査中だ」

「調査を片付けるとは聞いてましたけど……、一人でやってるんですか……？」

「まあ、別にたいした内容じゃない」

次郎が一人で依頼をこなすことは、最近は減ったものの特別珍しくはない。

むしろ、第六リサーチの前身である第六物件管理部だった頃は、危険だからと新人だった澪が同行させてもらえない案件もたびたびあり、ほとんどの調査を次郎一人で進めていた。

ただ、今次郎がそうせざるを得ないのは、アクアの調査に澪と晃が集中しているからに他ならない。

そう思うと、よい報告をできないことが申し訳なかった。

「で、……そっちは思ったより厄介みたいだな」

「……はい、すみません」

思わず謝ると、次郎の溜《た》め息が響く。

「まだ二日だろ。そう焦るな」

「でも、本当に気配の小さな無害な霊なんです。もちろん、店にとっては大問題ですが……。だから、会話すればすぐに解決できるって思ってたのに、上手《うま》くいかなくて……」

「無害な霊、か」

「すみません」

「相槌《あいづち》のように謝るな」

かすかに笑い声が響き、澪の心がわずかに緩んだ。口を開けばつい弱音が零《こぼ》れてしまいそうで、黙り込んだ澪に、次郎は二度目の溜め息をつく。

「お前が接触しても無反応なら、そもそもたいした無念もなく、ただ生きていた頃の記憶を繰り返してるだけなんだろう。調査前に言ったように、死んでいることを認識していない場合はそういうことがよくある」

「でも、だとしたら五ヶ月の空白が不自然だって……」

「あくまで、珍しいって話だ。……どうしようもないなら、いっそ店ごと結界を張って入れないようにするのも手だ」

「結界……」

たしかに、このまま会話が叶《かな》わないなら、無理矢理店内に入れないようにする以外に解決方法はない。

むしろ、除霊という意味ではそれがもっとも一般的な解決法といえる。

とはいえ、ただ静かに佇《たたず》んでいるだけの村井を強引に店から締め出すような手段を使うのは、なんだか気が進まなかった。

「まあ、それは最終手段だからお前が決めろ」

次郎は澪の心境を見透かしたかのように、そう補足する。

信用していると言われているようで、胸がぎゅっと震えた。

「……あの、次郎さん」

「ん？」

そのとき、ふいに心に浮かんできたのは、表現し難いこの感覚を、次郎に相談してみたいという感情。

穏やかな声を聞いたせいか、次郎ならこの言葉にし難いモヤモヤを汲《く》み取ってくれるのではないかという気持ちが生まれていた。

「変なんです。……村井さんの霊」

「変？」

わずかに、次郎の声色が変わる。

「はい。……なんだか、不自然なんです。はっきり現れているけど、まるで映像を観てるみたいっていうか……。目の前にいるのに、現実味がないというか……」

「現実味がない、か」

「はい。……自分でも、おかしいこと言ってるってわかってるんですけど……」

「いや、……奇遇だな」

「え……？」

「俺も、今日の件で似たような感覚を覚えた」

それを聞いた途端、ふと、不穏な予感が過《よぎ》った。

そんな偶然あるだろうかと、思わず考え込んでしまった澪の返事を待つことなく、次郎はさらに言葉を続ける。

「正直、この感じにはあまり経験がない。……生き霊や残留思念絡みの案件で覚えたような、理解を超える感覚があった」

「霊だけど、霊じゃない、みたいな感じですか……？」

自分で口にした言葉が、なんだか妙にしっくりきた。

ずっと上手く表現できないでいたけれど、村井のことを説明するとすれば、まさにそういう感じだと。――そのとき。

「言い得て妙だな。そういえば、木偶《でく》人形と遭遇したときにも似たような感覚を――」

次郎はそう言いかけて、不自然に口を噤《つぐ》んだ。

おそらく、仁明のことで過敏になっている澪を刺激しないようにという、次郎なりの配慮だろう。

しかし、そのときの澪は、恐怖を差し置いて強い共感を覚えていた。

「わかる気が、します」

「一応言っておくが、仁明との関連を警戒してるって意味じゃないからな」

「わかってます。それくらい未知の存在ってことですよね」

「……言うなれば」

少し言葉を濁す次郎から、気遣いが伝わってくる。

アクアの調査に送り出したものの、次郎はおそらく、仁明のことで不安げだった澪をずっと気にかけてくれていたのだろう。

都合のいい妄想かもしれないと思いながらも、そう考えると、不安やもどかしさでこじらせていた焦りが、スッと解けていくような心地がした。

「……次郎さん、ありがとうございます」

「は？」

「思ったよりも手こずって、正直少し途方に暮れてたんですけど、……なんか、元気が出ました」

「……今の会話のどこで」

さすがの次郎も困惑していたけれど、澪は笑って誤魔化す。そして。

「とりあえず、今晩も引き続き頑張ります。次郎さんも無理しないでください」

「お前が言うな」

すっかり日常通りの会話を最後に、澪は次郎との通話を終える。

なにが解決したわけでもなく、ただ次郎の声を聞いただけなのに、気持ちは不思議と前を向いていた。

「――やはり、指名されていた子は、とくに異変を感じてはいないということでした。むしろ、まだ村井様の霊が出続けていることに驚いていました」

十九時にアクアへ向かうと、まず最初に寺岡がそう報告をくれた。

「そっかー。じゃあ、心当たりが一個消えたね」

晃は残念そうにそう言い、いつも通りモニターに向かう。

アクアに通うのも、今日で三日目。

調査全体にかかる日数としてはまだまだ短いが、すでに霊と接触できているのに三日間なんの進展もないというのは、決して芳しい経過とはいえなかった。

ただ、朝方次郎と話したせいか、澪の心に余計な焦りはない。

そして、寺岡は、澪たちがまた朝まで粘ることを想定しているのか、事務所にブランケットや軽食を用意してくれていた。

「寺岡さんってさー、重ね重ねホスピタリティがすごいよね。なんか、高級ホテルみたい。伊原さんもさぞかし居心地いいんだろうね、ずっと付き合ってるくらいだから」

店がオープンすると、晃が早速ブランケットにくるまりながらそう呟《つぶや》く。

「私も思う。こういう店のことをあまり知らないけど、店員さんってもっと軽い感じなのかと思ってた」

「まー店にもよるんだろうけどね。寺岡さんも、この店のコンセプトがどうとか言ってたし」

防犯カメラの映像には、他の黒服と同様にホールを動き回る寺岡の姿が映っていた。

寺岡はマネージャーであり、本来は事務的な仕事も多くあるはずだが、おそらく澪たちが事務所を占領しているせいで手を付けられず、フロアに出ずっぱりなのだろう。

「早く解決してあげないと、いろんな意味で落ち着かないよね」

澪は呟き、ボックスシートを映す映像に視線を向ける。

相変わらず使われる気配のない立派な席がただ静かに映し出され、ざわざわとした他の映像とは一線を画していた。

ただ、その日はずいぶん来客が少なく、まだ日をまたがないうちに、客はまばらになっていった。

やがて寺岡も事務所に戻り、澪たちに肩をすくめる。

「水、木曜あたりはこんな感じで、閑散としてます」

自嘲《じちょう》的に笑う寺岡を見て、一見華々しい世界に見えてもいろいろ大変なのだろうと、澪は密《ひそ》かに察していた。

考えてみれば、狭い街に同じ業態の店がこれだけひしめき合っているのだから、競争の激しさは想像に容易《たやす》い。

昨日寺岡が口にした、足を引っ張ろうとする輩《やから》がいるから噂を避けたいという思いが、記憶の中でより切実さを帯びた。

「……大丈夫ですよ、霊のことはなんとかしますから」

なんの根拠もないのに思わずそう言ってしまった澪に、寺岡が目を細めて笑う。

「ありがとうございます。とても頼もしいです。……それにしても、心霊調査と聞いたときは身構えましたが、こんなに接しやすい方々とは」

「それはこっちの台詞《せりふ》です……。胡散臭《うさんくさ》がられることの方が多いので」

「胡散臭いなんて。オーナーの梶はとても慎重ですから、信用できるルートしか使いませんし」

「信用できるルートって、まさか伊原さんのこと？……あれは慎重な人が付き合う相手じゃないよ、どう考えても」

「晃くん……」

澪が止めると、寺岡の笑い声が響く。

事務所には、状況にそぐわない穏やかな空気が流れた。——しかし、そのとき。

突如響き渡ったのは、ガラスの割れる音と女性の悲鳴。

瞬時に寺岡が事務所を飛び出し、澪たちは顔を見合わせる。

「すごい瞬発力」

「トラブルかな……？」

「……かも」

モニターを見ると、映っていたのは床に座り込むホステスの姿。その周囲に散らばったガラスの破片が光をキラキラと反射させている。

「転《こ》けてグラスを割っちゃったんじゃない？」

晃はやれやれといった表情で、モニターを見つめる。——けれど。

その瞬間、澪は、ボックスシートを映す映像に強烈な違和感を覚えた。

「晃くん、違う……」

「ん？……うわ」

映し出されていたのは、村井の姿。

そして、ホステスの視線もまた、明らかに村井の方に向けられていた。

指を差してなにかを言っているようだが、カメラに録音機能はなく聞き取ることはできない。

ただ、フロアにいるホステスや客の反応は、完全に二分していた。

おそらく、視《み》えている者と視えていない者がいるのだろう。

数名のホステスが次々と悲鳴を上げてカメラの画角から消えるとともに、廊下の方からエントランスの方へ逃げる足音がバタバタと響く。

「ちょっと待っ……、落ち着いて……！」

フロアの方からは、黒服が呼び止める声や、客のざわめきが聞こえてきた。

澪は咄嗟《とっさ》に立ち上がり、様子を見ようと事務所の戸を開ける。

すると、狭い廊下には客やホステスがひしめき合い、突然の事態をざわざわと話し合っていた。

雰囲気的に、客の中には村井が視えていない者の方が多いらしい。

しかし、騒ぎが収まりそうな気配はなく、澪はその混沌《こんとん》とした様子をただオロオロしながら眺める。

やがて、話し声の中から、「前にも似たようなことが」とか、「呪われてるらしい」という、不穏な言葉が端々で聞こえはじめた。

このままではまずいと、澪はひとまず寺岡の姿を捜す。——そのとき。

「お騒がせしました。彼女は少し疲れ気味なようで。……勝手を申し上げますが、ソファにも破片が飛び散っていますし、本日は閉店とさせていただきます。本日のお会計は店が負担させていただきますので」

声を上げたのは、寺岡。動揺ひとつ見せず、深々と頭を下げる。

客たちは、実質追い出されるような形になったものの、無料と聞き、やぶさかでない様子でエントランスへ向かった。

一時はどうなることかと思ったけれど、寺岡のひと言で、騒然としていた店内はあっという間に静けさを取り戻す。

客が少なかったことと、閉店間際だったことが、不幸中の幸いといえた。

寺岡はその後、戸惑っている黒服やホステスたちを手際良く帰らせ、最後に店に残ったのは、村井の姿を視て叫び声を上げたホステスただ一人。恐怖で身動きが取れないのか、廊下に座り込んで小さく震えていた。

寺岡はそのホステスのためにタクシーを呼び、続けて梶に電話をはじめる。

澪はその間、放っておけずにホステスの横に並んで座った。――そのとき。

ふいに覚えた、妙な気配。

それはあまりにも弱く、不穏と表現するには大袈裟《おおげさ》なくらいかすかなものだったけれど、間違いなく霊の気配だった。

まるで浮遊霊が近くにいるときのように、空気がわずかに張り詰めている。

澪は周囲の様子を確認するため、そっとその場から離れた。しかし、その瞬間、それはなにごともなかったかのように消えてしまう。

そのとき、頭を過《よぎ》ったのは、このホステスになにかが憑《つ》いているのではないかという直感。

現に、ホステスの横に戻ると、ふたたび奇妙な気配を覚えた。

「あ、あの……」

そう確信した澪が声をかけると、ホステスはゆっくりと顔を上げる。

ただ、いったいどう説明すればいいのか、澪にはまったく思いつかなかった。

すると、ホステスはまだ怯《おび》えの残る目で、澪を見つめる。

「……防犯カメラ修理の業者さん……でしたっけ」

「はっ？……あ、……はい、新垣といいます……」

少々無理があるが、どうやらそういう設定になっているらしいと、澪はひとまず話を合わせて頷《うなず》く。

すると、ホステスは疲れきった様子で視線を落とした。

「……私は彩菜《あやな》といいます。あまりこの店に長居しない方がいいですよ。……私みたいに呪われちゃうから……」

「呪われる……って」

聞き返すと、彩菜は膝《ひざ》を抱え込む。

そして、ゆっくりと口を開いた。

「店に霊が出るって噂が立った頃から、私の周りでも変なことがたくさん起きはじめたんです……。一人暮らしなのに、テレビや照明が勝手に点《つ》いたり、シャワーから急に水が出たり……」

「そんなことが……」

「さっきも確かにボックスシートに霊がいて……、もしかしてあの霊、私が連れてきちゃったのかも。……って、信じられないですよね、こんな話」

「い、いえ……」

話を聞く限り、彩菜は生前の村井のことを知らないらしい。一気にホステスが辞めたと聞いているし、おそらくこの店に入店して間もないのだろう。

彩菜のせいではないと教えてあげたいところだが、余計なことを言っても警戒されるだけだと、澪はもどかしくも言葉を濁す。

それに、村井の霊はともかく、彩菜自身になにかが憑いていることは確かだった。

どうするべきか思いつかず、澪は頭を抱える。

しかし、なにも思いつかないうちに、タクシーが到着したらしく寺岡が戻ってきた。

「彩菜さん、とりあえず今日は帰って、ゆっくり休んでください」

彩菜はこくりと頷き立ち上がる。

ただ、足元はフラフラしていて、澪は反射的に彩菜の手を支えた、そのとき。――ふいに、強い違和感を覚える。

澪の目に留まったのは、彩菜の手首に付けられた、黒い水晶が連なるブレスレット。

それは、華やかなドレス姿には明らかに浮いて見えた。

その瞬間、澪は直感する。

彩菜の周囲を漂う気配は、このブレスレットのせいではないかと。

「彩菜さん、このブレスレット、どこで……？」

「え……？　あ、これは……、霊が出るって噂を聞いたときに、ネットで買ったものですけど……。悪いものを寄せ付けない効果があるって書いてあったので、気休めのつもりで……」

「やっぱり……」

「やっぱり……？」

澪が思い出していたのは、ずいぶん前に次郎から聞いた話。

次郎は、厄除《よ》けの数珠《じゅず》に頼っていた澪に、水晶をはじめとした天然石は、まれに厄介な霊を寄せ付けることがあると教えてくれた。

「あの……、こういう石には、逆に霊が憑きやすいって前に聞いたことがあって……」

「え、嘘……！」

あまり詳しく語るわけにもいかず、あくまで受け売りのような言い方しかできなかったけれど、怖い思いをしたばかりの彩菜には十分に効果があった。

慌てて手首からブレスレットを外し、寺岡に渡す。

「寺岡さん、これ捨てておいてください……！」

「で、ですが」

「安物なのでいいです。持って帰りたくないから……！」

「わかりました……」

寺岡は引き攣《つ》った表情でそれを受け取ると、彩菜をタクシーの待つ外へと促した。

澪も彩菜を支えたまま、一緒に外へ向かう。

彩菜からはもう、さっき覚えた奇妙な気配は感じられなかった。やはりブレスレットのせいだったのだと確信し、澪はほっと息をつき、彩菜を見送る。

そして、タクシーが走り去るやいなや、寺岡が困惑した様子でブレスレットを澪に差し出した。

「あの、これ、どうすれば……」

「私が預かりますね。知り合いのお坊さんにお祓《はら》いしてもらいます」

「よ、よかった……。お願いします……」

手に取ったブレスレットは不自然な程にひんやりしていて、背筋がゾクッと冷える。

けれど、やはり感じる気配はごく小さなもので、恨みや無念は伝わってこなかった。

後でお札で包んでおこうと、澪はひとまずポケットに仕舞う。

「だ、大丈夫なんですか、そんなに雑に……」

「大丈夫ですよ。危険な感じはあまりしないので」

「すごいな、そんなこともわかるんですね……」

「私は全然すごくなんて……。ただ、このブレスレットに憑いてる霊は本当に気配が小さいですし、多分たいした執着もなくて、彷徨《さまよ》ってる間に水晶にふらっと寄せ付けられただけの――」

ふいに、言葉が止まる。

澪は、たった今自分が口にした言葉に、なにかが引っかかる感覚を覚えていた。

「どうしました？」

寺岡が不安げに首をかしげる中、澪はもう一度、ポケットからブレスレットを取り出す。

澪の頭の中を巡っているのは、〝たいした執着もなくて、彷徨っている間に水晶にふらっと寄せ付けられた〟というとくに珍しくもない考察。

しかし、そう言いながら強烈に頭に浮かんできたのは、ボックスシートに静かに現れる村井の姿。

改めて考えてみれば、澪がブレスレットの霊から受けた印象は、村井から感じられるものと共通していた。

「もしかして、村井さんもなにかに寄せ付けられただけ、とか……」

「……新垣さん？」

「寺岡さん、店にこういうグッズがたくさんあるって言ってましたよね……？　ちなみに、村井さんが現れるよりも前から置いてあるものって、なにかありますか？」

「いえ、私には心当たりが……。そもそも、村井様が現れたことこそ、皆がグッズを買い漁《あさ》るようになった原因なわけですし」

「じゃあ、村井さんの思い入れのあるものとか、専用で使っていたものとか……」

「……いえ、特には」

寺岡は首を横に振るが、そのときの澪には、一度浮かんだ仮説を否定することができなかった。

なんだか胸騒ぎがして、澪は足早にエントランスを通り抜け、事務所の戸を開ける。

――そのとき。

突如、ポケットの携帯が着信を知らせた。

こんな時間に電話をかけてくる人間なんて、そう多くはいない。澪は名前を確かめもせず、通話をタップする。すると。

「澪。……こっちは片付いたから、今から行く」

聞こえてきたのは、いつになく焦りが滲《にじ》む次郎の声。

途端に、得体の知れない不安が込み上げてきた。

「来るって、どうしてですか……？　こっちは別に……」

「嫌な予感がする」

「それ、どういう……」

「詳細は端折《はしょ》るが、俺が進めてた案件は人為的に演出された心霊現象だった。依頼主に心当たりはないというが、人の手がかかっていることは間違いない。たいした執着を持たない霊が不自然に現れたのは、誰かの計画によるものだ」

ドクンと心臓が大きく鼓動を打つ。

「誰かの計画……って……。というか、どうして間違いないなんて言い切れるんですか……？」

疑問を投げかけながら、心の奥の方では、答えを聞きたくないと思っている自分がいた。

次郎はわずかな沈黙の後、ふたたび口を開く。

「……落ち着いて聞けよ。こっちに出てた霊は、人形に宿っていた。それは複雑な結界で巧妙に隠され、依頼主はいつ仕込まれたのか見当もつかないという」

人形と聞いた瞬間に頭に浮かぶのは、木偶《でく》人形のこと。

途端に足が震えだし、横にいた寺岡が不安気に肩を支えた。

「人形……って」

「先に言うが、俺が見付けたのは例の工芸品じゃない。……だから、まだ仁明の関連だとは言えない。ただ、人為的であることは確実で、俺らは誰かの企《たくら》みの中で踊らされてる可能性が高い」

「企み、って……、そんなの仁明以外に……」

「その考察は後だ。……そんなことより、そっちにも似たような霊が出てるって話だったろう」

「………」

混乱する頭で、澪は昨日交わした次郎との会話を思い浮かべる。

あのとき、村井を「霊だけど霊じゃないみたいな感じ」と表現した澪に、次郎は共感していた。

あれは偶然ではなかったのかもしれないという可能性が、みるみる恐怖心を煽《あお》る。

「じゃあ……、村井さんのことも、もしかして同じ人が……」

「わからないが、見付けても俺が行くまで触れるなよ。……もし誰かの策略だったとしたら、回収したことがそいつに伝わる仕組みが施されている可能性がある。なにが目的かはわからないが、俺らの動きは誤魔化すに越したことはない」

「……わかり、ました」

「とにかく、待ってろ」

次郎はそう言って電話を切った。

切る間際に聞こえたのは、エンジンをかける音。

おそらく、焦ってこっちに向かっているのだろう。

澪は頭の中をなかなか処理することができず、事務所の入口でしばらく呆然《ぼうぜん》と立ち尽くした。

「澪ちゃん……？　とりあえず、一回座りなよ」

澪の様子からなにかを察したのだろう、晃が立ち上がり、澪を椅子へと誘導する。しかし。

「……村井さんは？」

「え？……少し前に消えたけど」

「…………」

澪は椅子には座らず、不安に突き動かされるようにふたたび事務所を出てフロアへ移動した。

「ちょ……、澪ちゃん……？」

晃と寺岡が、顔を見合わせ澪の後に続く。

ただ、不安でどうにかなってしまいそうな今の澪に、説明している余裕はなかった。

まっすぐにボックスシートの前まで行くと、まず村井の定位置の前に膝《ひざ》をつく。

「……このソファって、動かせるんですか？」

唐突な問いかけに、寺岡は戸惑いながらも首を縦に振った。

「無理ではないですが、ただ、このボックスシートはいくつかのパーツを組み合わせて固定してあるので、動かすときは、まずそれらを分解しないと相当重いかと……」

確かに、試しに手前に引っ張ってみたものの、ビクともしなかった。すると、晃が澪の横に並び、座面を摑《つか》む。

「手伝うよ」

なんの説明もしていないというのに、晃はなにも聞かずにソファを引いた。

しかし、二人の力をもってしても、ソファはまったく動かない。

無理だと察した澪は、今度は床に這《は》いつくばり、ソファの下の隙間を確認する。

しかし、そこには一センチの隙間もなかった。

このソファになにかを——人形を隠す場所なんてないと認識した瞬間、澪はようやくわずかに落ち着きを取り戻す。しかし。

視線を上げた瞬間、目の前の背もたれの一部に、ふと小さな違和感を覚えた。

背もたれは、座面と同じ白いレザーをキルティングのように縫い合わせ、等間隔に鋲《びょう》打《う》ちされた英国風のデザインになっている。いかにも高価そうなソファだが、澪が気になったのは、ちょうど村井の定位置のあたりの縫い目に入った、不自然な皺《しわ》。

「修繕の跡ですか……？」

　言いながら、澪は嫌な予感を覚えていた。

　寺岡が近寄り、首をかしげる。

「いえ、このソファを修繕した記憶はありませんが……」

「……縫い目、開いてみてもいいですか？」

　無茶なことを言っている自覚はあったけれど、寺岡は澪の真剣な様子に黙って頷《うなず》き、事務所からカッターナイフを持ってきてくれた。

　澪は、無心に縫い目をほどき、レザーをめくる。

　すると、剝《む》き出しになったウレタンに、不自然に四角く切り裂かれた跡があった。

「ねえ、澪ちゃん……」

　珍しく、晃の声が焦りを帯びる。

　しかし、澪にはそれに応《こた》える余裕がなく、どうか次郎の考察が外れていますようにとただ願いながら、ウレタンをゆっくりと捲《めく》った。――瞬間。

「うわぁっ……！」

　最初に声を上げたのは、寺岡。

　それも無理はなく、ウレタンの奥から現れたのは、――小さな藁《わら》人形だった。

　しかも、その胴部分には、筆文字がびっしりと綴《つづ》られた、不気味な紙が巻きつけられている。

「気持ち悪……」

呆然とする澪の横で、晃がそう呟《つぶや》いた。

ただ、そのときの澪にとっては、藁人形の不気味さよりも、やはりアクアでの心霊現象も人為的なものだったのだという事実が、なにより恐ろしくてたまらなかった。

澪は動揺しながらも、触れるなという言いつけの通りに一旦《いったん》ウレタンを閉じる。

そして、ひとまず気持ちを落ち着けるため、深く息を吐いた。

「……ってか、なにこれ。どういうこと？　なんで藁人形が埋まってんの？」

さすがの晃にも面白がる余裕はないらしく、澪に質問をたたみかける。澪はゆっくりと立ち上がり、晃の背中を押してフロアの出口の方へ促した。

「寺岡さん、もうすぐ上司が到着するので、私たちは外で待ちます。……これには触らないでくださいね」

「とても触れません……。で、では、私は事務所にいますね……」

澪は頷き、晃と一緒にフロアを後にした。

「ねえ、あれってさ」

エントランスに着かないうちに、晃が待ちきれないとばかりに口を開く。

澪は必死に平静を保っていたものの、頭の中は恐怖と戸惑いでいっぱいで、なにから説明すればいいかわからなかった。

「……人為的なものだって、次郎さんが」

「それは聞くまでもないよ。……ってか、藁人形って呪いの道具じゃん。おまけに不気味な紙が巻きついてたし」

「あの紙は多分、次郎さんの方にもあったっていう、複雑な結界っていうやつなんじゃないかと……。気配を誤魔化してたって言ってたから……」

「は？　部長さんの方も同じようなこと起きてんの？」

「……うん。ごめん、私もさっき聞いたばかりで……」

「いや、混乱してるだろうし、いいよ。……ってか、結界のせいで、マメにも気付けなかったんだね。……ってことはさ、相手は能力者が調査することを想定して仕込んでるってことじゃん。つまり、ターゲットはアクアの人たちじゃなくて僕た――」

「……わかってる」

　あまりの恐怖に、澪は思わず晃の言葉を遮る。

　晃の言いたいことはわかっていたけれど、今の澪には、その推論に向き合うことができなかった。

　次郎が言ったように、誰かの企《たくら》みの中で踊らされているのだとすれば、その誰かは、澪や晃がアクアに来るよう仕向けたことになる。

　だとすれば、次郎が受けた依頼もおそらく同じで、次郎はそこへ行くよう仕向けられたと考えるのが自然だ。

そう考えたとき、澪の心に最悪な仮説が浮かぶ。

「……次郎さんの方も、伊原さんから回ってきた依頼だよね。……ねえ、晃くん、それって……」

伊原が関わっているかもしれない、と。澪には、最後まで口にすることができなかった。

しかし、晃は震える澪の肩にぽんと触れ、首を横に振る。

「いやいや。こんな巧妙なことをする人間が、そんな速攻怪しまれるような人を使わないでしょ。伊原さんは純粋に依頼を仲介しただけだと思うよ」

「でも……」

「多分、黒幕はもっと奥の方にいるよ。……ってか、ちゃんと考えるから、部長さんから聞いたこと全部教えて」

すっかりいつも通りの晃の声が、澪の心をわずかに落ち着かせた。

澪は頷き、アクアのエントランス前に座り込んで、村井が現れた理由や次郎から聞いた話をすべて話した。

すべてを聞き終えた晃は、腕を組んで考え込む。

「――つまり、誰かが無害な村井さんを捕まえて藁人形に閉じ込めて、それっぽい心霊現象を演出するために、ゆかりのあるアクアに仕込んだってことだよね。……もはやミステリー小説みたいな展開じゃん」

「でも、実際にあの藁人形には村井さんが……」

「捕まえて閉じ込めたってことでしょ？……やばくない？　僕ですら、それがとんでもなく高度な技だってわかるよ。……しかもあんな周到に在処《ありか》を隠すって、まさにプロの業って感じ」

「……」

晃が努めて明るく振る舞ってくれていることはわかっていたけれど、聞けば聞く程、いかに異常なことが起きているかを思い知り、嫌な汗が流れる。

同時に、澪の頭の中では、すべての黒幕として予想される最悪な人物の姿が浮かんでいた。

ただ、だとしても、謎があまりにも多い。

もっとも不可解なのは、その目的だった。

「だけど、なんのためにこんなこと……。あんなややこしい方法を使った割に、現れたのは村井さんのような無害な霊だったし……、なにがしたいのか……」

澪にはまったく理解ができず、重い溜《た》め息をつく。——しかし、そのとき。

「人払いだったりして」

ふいに晃が口にした言葉で、澪の心臓がドクンと大きく鼓動した。

「人払い……？」

「気配の小さな霊が、一応ゆかりのある場所に姿を現して、なにも訴えてこない。……

って、よく考えたら一番厄介な案件じゃん。しかも、似たような依頼が同時に起きてるわけだし、……それってさ」

「人払いって……、まさか第六のオフィスからってこと……？」

「なんか、いよいよやばい感じすんね」

　やばいと言いながらも、晃は不敵な笑みを浮かべる。

　こんな状況でも笑えるメンタルが逆に羨《うらや》ましく、澪はもはや文句を言う気にもなれなかった。――そのとき。

「澪、溝口」

　聞き慣れた声に顔を上げると、まだ大勢の人で賑《にぎ》わう通りの奥から、次郎が駆け寄ってきた。

　次郎は座り込む澪を見て、膝《ひざ》をつき視線を合わせる。

「……おい、どうした」

　普段なら、ただ不安なだけだと、どうもないとすぐに答えるところなのに、次郎の顔を見た途端、胸が詰まって言葉が出てこなかった。

　抗《あらが》えないまま目に涙が溜《た》まり、澪は慌てて両手で顔を覆う。

「……私たち、どうなっちゃうんでしょうか」

　なぜいきなりそんな弱音を吐いてしまったのか、澪自身にもよくわからなかった。
困らせてしまうとわかっているのに、感情が込み上げて止められない。

それは、張り詰めていた糸がプツンと切れたような感覚だった。

澪はゆっくりと呼吸を繰り返し、必死に嗚咽《おえつ》を抑え込む。

目を覆っているせいか、通行人たちの喧騒《けんそう》がより大きく耳に届いた。どれだけの視線を浴びているだろうと考えると、申し訳なさがみるみる膨らんでいく。

「……すみま、せん」

きっと呆《あき》れられているに違いないと、澪は袖《そで》で乱暴に涙を拭《ぬぐ》った。――しかし。

ふいに頭に触れた、温かい感触。

顔を上げた途端、次郎と目が合う。そして。

「別に、どうにもならないから心配するな」

次郎はいつもと変わらない口調でそう言うと、澪の髪をくしゃっと撫《な》でた。

「……だ、けど」

「だけどもくそもない。……お前が想像してるようなことは起こらない。……俺が保証する」

「でも……」

「誰が言ってると思ってる」

ただの慰めだとわかっていたけれど、乱れた前髪の隙間から見える次郎の表情は、不思議なくらいに落ち着いていた。

思わず見入ってしまった澪を見て、次郎は小さく笑う。

「すごいことになってるぞ、顔」

「……見ないでください」

「気にするな。ここら辺じゃ、座り込んで泣いてる奴があちこちにいる」

「…………」

周囲を見渡せば、早速、酔っ払って座り込む女性が目に留まった。澪は途端に冷静になり、乱れた髪を手櫛《てぐし》で直す。

すると、次郎は澪の手首を引いて立ち上がらせながら、エントランスの方に視線を向けた。

「どうする。ここで待ってるか？」

「いえ、……行きます」

別に、強がっているわけではなかった。ただ、次郎が言った「俺が保証する」という言葉が、不思議なくらい気持ちを落ち着かせた。

フロアに戻ると、いつの間にか戻っていた晃が、意味深な笑みで澪たちを迎えた。

さっきは気を遣って席を外したのだと察し、澪は恥ずかしくなって不自然に目を逸《そ》らす。

次郎は寺岡への挨拶《あいさつ》を早々に済ませると、晃の案内に従いボックスシートへと移動した。

そして、不気味な藁《わら》人形を見ると、顔をしかめる。

「……同じだな」

「同じって……、次郎さんが調べてた方と、ですか」

「ああ」

次郎が頷《うなず》いた瞬間、澪は軽い目《め》眩《まい》を覚えた。

一方、次郎はなんの躊躇《ちゅうちょ》もなくそれをウレタンの中から取り出し、筆文字の書かれた紙だけを元の場所に戻す。

「あの……、触って大丈夫なんですか……？」

「この文字が書かれた帯が、おそらく、封印だろう。日本ではほぼ見たことがないが、モロッコの呪術師《じゅじゅつし》を訪ねたときに似たものを見た。物に悪霊が憑《つ》いて祓《はら》いきれないときに、暴れないようにと使われる黒魔術の一種だ。霊の念を抑え、――人で譬《たと》えるなら思考能力を奪い、それによって気配も曖昧《あいまい》にする」

「思考能力を奪う、って……」

その言葉を聞いた瞬間、ただぼんやりと姿を現していた村井の姿が頭を過《よぎ》った。

澪が話しかけてもなんの感情も伝わってこず、ただただ不可解だったけれど、つまり村井は、封印によって強引にそういう状態にされていたことになる。

「亡くなった方にそんな酷《ひど》いことを……」

「おそらく、不可解で解決の難しい案件を演出するためだろうな。……俺らをなんらかの目的でオフィスから出すために」

「……やっぱり……。でも、なんのために、そんな」

つまり、次郎も晃と同じように、これらはすべてオフィスから人払いのためだと推測しているらしい。

ただ、どうしても目的がわからず、それが余計に不気味だった。

「一番に考えられるのは、第六のオフィスになんらかの仕掛けを仕込もうとしている可能性だな。……とはいえ、エレベーターに工芸品を吊《つ》るされて以来、警戒した東海林さんがビルに式神を仕込んでいて、おかしな気配にはすぐに気付けるようになってる。そう簡単には入り込めないはずだ」

確かに、澪たちには東海林という強い味方がいるし、東海林が自ら式神を仕込んだとなると、これ以上ないくらいの安心感がある。

けれど、それを聞いてもなお、澪の胸騒ぎは止まらなかった。

「でも、侵入できないってわかったら、別の方法を考えてくるんじゃ……」

「だとしても、こっちは時間稼ぎができる。この封印をここに残しておけば、向こうは村井の気配が消えたことにしばらく気付かないだろう。おそらく、こっちに封印についての知識があることや、おまけに力技で捜し当てたことなんて予想もしていないだろうから、まだ調査中という体で、その間にいろいろ調べられる」

「なるほど……」

「……で、早速だが、ここに藁人形を仕込める人間に心当たりは？」

ふいに次郎が鋭い視線を向けたのは、寺岡。

寺岡はビクッと肩を揺らす。

「こ、心当たりというか……、梶はたびたび閉店後にここに知人を呼んで呑《の》んでいましたので……、大勢が出入りをしており……」

「わざわざ閉店後の店で？……どういう知り合いですか」

「誰を誘っていたかまでは、ちょっと……。梶は交友関係が広いですし……」

「ってか、ここなら関係者以外に話を聞かれる心配がないし、いわゆる密談の場として使えるよね」

突如会話に割って入ったのは、晃。

その瞬間、次郎が瞳《ひとみ》を揺らす。

「……他の店に入るのを避けるくらい密な会話をする相手か。怪しいな」

「ね。……そこを辿《たど》っていけば、黒幕に辿り着きそうだよね。……まぁ辿るって言っても全員怪しいから、直接話を聞くわけにもいかないしなー」

確かに、晃の言う通りだった。

現状から考えて、澪たちが黒幕の動向を探っていることは、おそらくバレている。さらに、これまでは澪たちの素性が知られているかどうか曖昧だったけれど、人払い目的でわざわざ藁人形を仕込んだとなると、調べを進めている可能性が高い。

黒幕が仁明である可能性を考えると、もうリスクの高い行動を取るべきではなく、ましてや自分から尻尾《しっぽ》を摑《つか》まれに行くようなことは絶対に避けなければならない。

とはいえ、なにもしなければ、せっかく時間を稼いでも意味がなくなってしまうと、澪たちはしばらく考え込む。すると、そのとき。

「あ、あの……、誰との繋《つな》がりを懸念されているかはわかりませんが、梶は危険な交友関係は持たないようにしてると思いますが……。テレビに出る仕事を気に入っていますし、炎上したら終わりだと、営業時間にもすごく気を遣っているくらいですから……」

突如、寺岡がそう口にした。

「……じゃ、わざわざ自分の店に籠《こも》って密談する理由って？」

「密談という意図ではなく、ただの気遣いではと……。芸能関係など、世間に顔が知られている方々とも交友があるようですし。店の裏側は狭く、記者が隠れるような場所もないので、撮られることもないですし……」

「芸能関係、ねぇ」

澪たちの言う黒幕が悪徳霊媒師である可能性なんて考えるはずもない寺岡は、おそらく、反社会勢力などを想像しているのだろう。

晃はさほど興味なげに、肩をすくめる。——しかし。

「ほ、他は、……政治家関連などとも付き合いが……」

「政治家？」

ついでのように口にした政治家という言葉に、次郎と晃が同時に反応した。

「は、はい……。も、もちろん黒い付き合いではないと……」

「そんなの興味ないからいいよ。……ってか、政治家ねぇ」

澪には、二人がやけに意味深な反応をする理由がよくわからなかった。

尋ねる隙もないまま、次郎は藁人形を持って立ち上がる。

「……とにかく、村井さんの霊は持ち帰って供養します。……が、できれば、まだ調査が終わった旨は誰にも報告せずにいてもらえませんか。……梶さんにも」

「はい……？」

「こちらの事情です。協力していただけるなら、お礼をお支払いします」

「い、いえ、そんなの結構です……。伊原さんには借りがありますし、こちらは村井様の件さえ解決していただければ十分ですから……」

「よろしくお願いします。……帰るぞ」

次郎は寺岡に挨拶をすると、早速フロアを後にする。

澪は戸惑いながらも、寺岡に慌てて頭を下げた。

「また連絡しますので、経過を教えてください。では、今日はこれで……」

「は、はい……、お気をつけて……」

それは、とても呆気《あっけ》なく、そしてスッキリしない調査の終わりだった。

店を出ると、家が近い晃とはそのまま別れ、澪は次郎の車に揺られて帰路を辿る。

気になることはたくさんあったけれど、精神が疲れ切っていた澪に尋ねる気力はなかったし、次郎もまたなにも言わなかった。

とにかくあとで会社で話すことにして、今日はもうなにも考えずに眠ろうと、澪は家に着くやいなやシャワーも浴びずにベッドに倒れ込む。

側に寄り添うマメの気配が心地よく、思いのほか、眠りにつくまではあっという間だった。

その日の朝。

数時間しか眠っていないというのに、澪はいつもより早く目覚めた。

今週は調査のためにと出勤時間をずらしているので朝出勤する必要はなく、もう少し寝ようとふたたび目を閉じたものの、今日は不思議なくらいに眠気がなかった。

不安なことが多すぎるせいだろうと、澪は結局支度をし、家を出た。

丸《まる》の内《うち》に着いたのは、九時前。

いつもより時間が早いせいか、丸の内の風景が少し違って見えた。

やがて、キラナビルの十階に着いた澪は、バッグに手を突っ込んでオフィスの鍵《かぎ》を漁《あさ》りながら廊下を奥まで歩く。

オフィスの入口の前で足を止めると同時に、慣れた感触が指先に触れた。

それは、いたっていつも通りの流れだった。――しかし。

鍵を開けようとした瞬間、ふいに、戸の前になにかが落ちていることに気付く。

誰かの落とし物だろうかと、たいして考えもせずに手を伸ばした、そのとき。

「っ……」

全身が、硬直した。

そこにぽつんと置かれていたのは、――忘れもしない、伊東夫妻が収集していた民芸品。

それがなにを意味しているかは、考えるまでもなかった。

たちまち足が震えはじめ、澪はじりじりと後退《あとずさ》る。

しかし、体は思うように動かず、バランスを崩してその場にへたり込んだ。

みるみる恐怖が込み上げる中、澪は無理矢理気持ちを奮い立たせ、ポケットの携帯を取り出し履歴に表示された次郎の名前をタップする。

呼び出し音は、ほんの数回ですぐに途切れた。

「…………」

「……澪?」

なかなか言葉を発せない澪にただごとではないと察したのだろう、次郎の声は真剣だった。

「次郎、さん……、民芸品、が……」

「今、どこだ」

「お、オフィス、に」

「なら、少し待て。ちょうど今、東海林さんと一緒にそっちに向かってる」

「どうして、こんな……」

「マメは？」

「出てきて、ません……」

「なら、大丈夫だ。お前が一番わかってるだろ」

「……はい」

「電話、切るなよ」

次郎は澪を気遣ってか、電話を切らなかった。

会話はないが、時折東海林との話し声やウィンカーの音が聞こえてきて、一人で待つよりもずっと安心感があった。

しかし、そんな中でも、心の中では恐怖と疑問がみるみる膨らんでいく。

そもそも、キラナビルには、おかしな気配が入ったらすぐに気付けるようにと、東海林が式神を仕込んでいるはずだった。

確かに、民芸品からは特別不穏な気配は感じられない。

けれど、少なくともこれを置いた人間には、澪たちを脅かす不穏な思いを抱えていたはずだ。

もし東海林の式神に気付いてくぐり抜けたのだとしたら、相当高い能力を持っていることが考えられる。

想像は、悪い方へ向かう一方だった。

いつの間にか姿を現したマメが、澪の頬を舐《な》める。

「マメ……、変な気配、ない……？」

『クゥン』

こてんと首をかしげるマメを見ても、今は安心できなかった。

やがてエレベーターの稼働音が響き、間もなく次郎と東海林が姿を現す。

次郎は澪に駆け寄って無事を確認すると、ほっと息をついた。

東海林はオフィスの戸の前の民芸品をしばらく見つめ、そっと拾い上げる。

「エレベーターのときとは違い、これにはなんの気配もありません」

やはり、東海林も澪の見解と同じだった。

「つまり……、今も俺たちが嗅《か》ぎ回っていることに気付いていて、自分は式神を掻《か》い潜《くぐ》れるという忠告をしてるってことか」

「忠告……」

なにもかもが最悪な方へ向かっている気がして、額に嫌な汗が滲《にじ》む。――けれど。

「そんな顔をするな。大丈夫だから」

次郎からは、なぜだか余裕が感じられた。

澪からすれば、もはやこの件の黒幕を、――仁明である可能性が限りなく高い黒幕を追おうとすること自体、自殺行為なのではないかと思わずにいられないくらい追い詰められているというのに、次郎の落ち着き具合は逆に奇妙だった。

　次郎は立ち上がると、東海林から民芸品を受け取り、それを手の上で弄《もてあそ》ぶ。

「東海林さん、とりあえずビルの防犯カメラの映像を見せてもらえますか？」

「ええ、もちろん。十階には二台あり、一週間分が自動保存されてるはずです。……まあ、映るようなヘマはしていないでしょうが」

　十階の廊下には、廊下の中央とオフィス前に一台ずつ防犯カメラがあるが、東海林が言うように、そんなもので侵入者の正体が明らかになるとは考えにくい。

　ただ、次郎は意味深な表情で頷《うなず》く。

「ええ。わかってます」

　なにを考えているのかはわからないけれど、そのやけに落ち着いた口調が、澪の気持ちを少し落ち着かせた。

　その後、防犯カメラの映像を検証したものの、予想通り、不審者の姿は映っていなかった。

　ただ、昨日の深夜零時過ぎ、僅か五分程映像が暗転するという異変が記録されていた。

　しかし、それは例えば霊障のような不自然な途切れ方ではなく、まるでレンズに黒い布を被《かぶ》せたかのような、ずいぶんアナログなものだった。

東海林は、これは人の手によるものだと、おそらく式神や結界の存在を警戒してこんな方法を取ったのだろうと推測した。

つまり、相手はオフィスから人払いをしたものの、式神の存在に気付いたのか、エレベーターに木偶《でく》人形を仕込んだときのような大掛かりな脅しができなかったということになる。

ただ、その推測に安心している場合ではなかった。

もし式神に気付かれたのならば、同時に、こちら側には東海林という霊能者の協力があることにも気付かれていることになる。

ふとした瞬間、本当はなにもかもバレていて、ただ弄ばれているだけなのではないかという恐ろしい予感が頭を過《よぎ》り、澪はオフィスに戻ってもしばらく落ち着かなかった。

やがて、昼前になると、アクアの調査が終わったという連絡を受けた沙良と、晃がオフィスに出勤した。

澪と同じく朝まで調査をしていた晃は、本来ならこんなに早く出勤する必要はない。

ただ、晃には次郎から今朝の出来事が伝わっているらしく、防犯カメラの検証のために早めに来たと言いながら、デスクに座ると早速パソコンを開いた。

沙良は静かに事務作業をし、応接室では、東海林と次郎が難しい顔を突き合わせてなにやら相談をしている。

一見いつもと変わらない風景だが、オフィスには、ただならぬ空気が流れていた。

そんなとき、突如、澪のパソコンにチャット受信のポップアップが表示される。

送信元は、晃。

すぐ近くにいるのにと、澪は不思議に思って晃に視線を向ける。

けれど、晃は目を合わせようとしない。

なんとなく嫌な予感がして、澪はトーク画面を開いた。

すると、表示されていたのは、「絶対に反応しないでね」というひと言。奇妙に思いながらもわかったと打ち込むと、続けて動画のリンクが投稿された。

右半分が真っ赤のサムネイルからは、なにを映したものかまったくわからない。

ひとまずリンクをクリックすると、動画再生画面が大きく表示された。

その瞬間、澪は強い既視感を覚える。

視点はかなり低いけれど、くすんだ壁の色と年季の入った床のタイルから察するに、それは間違いなくオフィス前の廊下の風景だった。

ずっと先に第六のオフィスへの入口の戸が見えることから、エレベーター側の端から撮影したのだと考えられる。となると、右半分を覆う赤いものはおそらく消化器。

盗撮のような画角に違和感を覚えながらも、反応しないでという晃の言葉を守り、澪は平静を保つ。

すると、ふたたびチャットに晃からのメッセージが表示された。

それは、「実は、きた本から帰ってきた日から内緒で回していて、これは昨晩の零時過ぎの映像を切り取ったもの」という一文。

零時過ぎということは、つまり、防犯カメラが暗転した時間だ。

澪はふと、アクアの調査中に、オフィスから人払いをしたのではと推測した晃が浮かべた不敵な笑みを思い出した。

すでに廊下の隠し撮りをしていた晃は、あのとき、なにかがヒットするかもしれないという期待を持ったのだろう。

そして、この動画は、おそらくその成果。たちまち不穏な予感がした。

澪は一瞬戸惑ったけれど、「とにかく観て。絶対に声を出さないように」という晃からの念押しと同時に、再生をクリックする。――すると。

間もなく映し出されたのは、カメラの目の前にあるエレベーターから、何者かが廊下に出てくる様子。

画角的に、映っているのは足首から下のみ。

しかし、――たったそれだけの映像で、澪はその人物の正体を確信していた。

なぜなら、その人物が履いていたのは、真っ赤なソールが特徴的なヒール。それは、

――沙良が愛用しているものだ。

たちまち、頭の中が真っ白になった。

沙良は、長い棒状のものを手に持ち、廊下を右に左にとフラつきながら、中央までくると数十秒ばかり立ち止まる。

やがてふたたび進みはじめたかと思うと、今度は第六の戸の数メートル前で同じように立ち止まった。

なにをしているかは映っていないが、位置的には、ちょうど防犯カメラの下。おそらく、カメラに細工をしているのだろう。

そして、沙良はようやく戸の正面に立つと、小さなものをポトリと落とした。

それがなにかは、考えるまでもない。

澪は酷《ひど》い目眩《めまい》を覚え、手のひらで額を覆う。そのとき。

「澪先輩……？　具合が悪そうですが、大丈夫ですか……？」

ふいに沙良から声をかけられ、澪は慌ててパソコンを閉じた。

晃からチラリと視線を感じたけれど、動揺しないでいるなんて到底無理だった。

「……ちょっと、寝不足で……」

「朝まで調査されていたと聞きました。どうしてこんな早くに出勤を……」

心から心配そうな声が、澪の動揺を余計に煽《あお》る。

「やり残してたことが、い、いろいろ……」

「――澪ちゃん、コンビニ行こ。歩けば目が覚めるから」

とても見ていられなかったのか、晃が澪の腕を引き強引に立ち上がらせた。

澪はふがいないと思いながらも、晃の提案に頷く。

そして、オフィスを出た瞬間、いつの間にか廊下に出ていた次郎と目が合った。

「次郎、さん……？」

ふたたび過る、嫌な予感。

なぜなら、そこには東海林だけでなく高木の姿もあった。

呆然《ぼうぜん》としていると、晃が申し訳なさそうな表情を浮かべる。

「澪ちゃんが宮川さんと余計なこと話す前に教えておきたかったから、変なタイミングで動画を送っちゃってごめんね。ちなみに、皆にもすでに送ってるから」

「……あの……、つまり……」

「宮川さんが黒幕と繋《つな》がってる可能性が限りなく高いって話」

「…………」

あの映像を見てしまった以上否定しようがなく、澪は口を噤《つぐ》んだ。

すると、晃はさらに言葉を続ける。

「ただ、やけにフラフラしてたし、催眠術にかかってる可能性もあるなって。……わかんないけどね。とにかく、十分に警戒して」

「警戒って言われても……」

「ただ、宮川さんが当たり前に出勤してきたところを見ると、撮影していたことには気付かれてないと思うから、しばらくは通常通りに過ごして。泳がせつつ、様子を見た方がいいかなって」

「通常、通り……」

澪には、沙良が黒幕側である可能性が浮上したことがとても受け入れられず、まったく気持ちが付いていけないでいた。

　しかし、そんな澪に追い討ちをかけたのは、高木。

「澪ちゃん。……実はね、目黒さんとは別ルートで津久井さんの動向を調べてたんだ。……目黒さんのことが、どうも信用できなくて」

　ドクンと、心臓が大きく鼓動した。

　その先は聞きたくないと思いながら、体が硬直して声が出ない。

「そしたら、案の定、津久井さんはおかしな行動を取ってた。わざわざ何度もタクシーを乗り換えながら、最後は迎えに来た黒塗りの車に乗って山奥へ消えたんだって。それ以上は追えなかったみたいだけど……。でも、目黒さんからは、そんな報告はない」

「…………」

　思わずフラッとよろけた澪を、咄嗟《とっさ》に次郎が支える。そして。

「……とにかく、打ち合わせは改めてやるから、今はそれだけ把握しておいてくれ」

　そう言って、宥《なだ》めるように肩に触れた。

　呆然としたまま一応は頷《うなず》いたものの、澪の頭は真っ白だった。

　晃が、そんな澪の腕をそっと引く。

「とりあえず、コンビニに行くって言って出てきたから、もう少ししたら戻らないと。……でも、澪ちゃんはこの調子だからちょっとキツいか……」

「ひとまず、私の部屋へお連れしましょうか。貧血を起こし休んでいると説明していただけると」

「そだね、了解」

東海林から提案をもらい、澪は晃に手を引かれて五階へ下りる。

部屋に着くと、東海林がすぐに紅茶を出してくれたけれど、そのときの澪には味も香りもまったくわからなかった。

頭の中は、仁明のことよりもむしろ、沙良のことでいっぱいだった。

どこからどこまでが嘘なのか、むしろ真実はあったのか、もしかして、涙も笑顔もまっすぐな言葉もすべて計算だったのかと、疑問を浮かべるたびに視界が滲《にじ》む。

そんなことを言っている場合ではないのに、と。

そう思いながらも、頭の奥で響く「澪先輩」という呼び声が、どうしても消えてくれなかった。


後日。

高木の調べによって、伊原に梶を紹介したのが目黒であるという事実が判明する。

恐ろしい事実が次々と明らかになり、——澪は、なんだか自分の心が少しずつ崩れていくような、言い知れない不安を覚えていた。

過日の事件簿

とりかごの姫

目黒淳人《あつと》は、国民から圧倒的な支持を得る政治家・大庭《おおば》が抱える優秀な秘書だった。

大庭が起こした汚職事件にて実行犯の濡《ぬ》れ衣《ぎぬ》を着せられ、――なにもかもを失うまでは。

ただ、薄汚れた世界から離れ、なにも考えずに過ごす日々は、そう悪いものではなかった。

しかし、そんな目黒の前に突如現れたのは、とある政財界の大物の秘書を名乗る男。

その男は目黒に向かって唐突に、「とある人物の、今年九歳になる令嬢の教育と世話を頼みたい」と言った。

当然、目黒にはまったく理解ができず、馬鹿にされているのだろうかと怒りすら覚えたし、請ける気なんてさらさらなかった。

しかし、目黒の運命を変えたのは、まさにその瞬間に他ならない。

思えば、それがすべての始まりだった。

父、目黒憲章《のりあき》は、叩《たた》き上げの政治家だった。

地方の一般家庭に生まれながら、この国を変えたいという並々ならぬ情熱と理想を持ち、泥臭くも必死な姿が支持されて議員になった父のことが、目黒にとっては憧《あこが》れでもあり、目標でもあった。

　だから、目黒は物心ついた頃から、将来は自分も父のような立派な政治家になると決めていたし、憧れの父と同じ土俵に立つ日のことをいつも夢見ていた。

　その気持ちは成長しても変わることなく、加えてとても優秀であり、いっさいの障害も挫折《ざせつ》もないまま東大に入学した目黒は、卒業後、父の推薦により、政党内で父の派閥に所属する、大庭という若い政治家の秘書を務めることが決まる。

　その後、程なくして合格率四から十パーセント程度の超難関と言われる政策担当秘書資格を取得し、目黒はあっという間に大庭の右腕となった。

　政策担当秘書資格には、試験を受ける他に、公設秘書を十年務めた後に研修を受けるという取得方法もある。先述の通り試験は超難関であるため、目指す者の多くが後者を選択するのだが、早く目標に近付きたい一心だった目黒にとって、そんな選択肢は無いも同然だった。

　そのこともあり、大庭からはいたく気に入られ、周囲は目黒をいずれ大物政治家になると噂し、なにもかもが順風満帆だった。

　だから、そのときの目黒は、自分の人生がすでに苦悩と葛藤《かっとう》と精神崩壊に向かう下り坂に差し掛かっていることなど、知るよしもなかった。

　はじめて不穏な空気を感じたのは、政策担当秘書になって間もなくのこと。

世の中は選挙を控えており、目黒は大庭とともに選挙活動に勤《いそ》しむ中で、信じられない光景を目にする。

それは、票獲得のための、贈賄。

それだけでなく、大庭はさも当たり前のように明らかな汚職を繰り返した。

もっとも近い位置に置かれていた目黒はすべてを目の当たりにしながらも、立場上意見すらできないまま、ただ悶々《もんもん》とした日々を過ごした。

いずれは、帳簿の改竄《かいざん》や決して世間に公表できない黒いリストの作成などを任されるようになり、目黒自身も片棒を担ぎはじめる。

最初こそ、大庭を反面教師にし、自分はこうはならないと逆に情熱を燃やした時期もあったけれど、あまりに汚れたものを見過ぎてしまったせいか、やがてすべてを淡々とこなすようになり、子供の頃から持ち続けてきた理想は次第に崩れていった。

そんな目黒にとどめを刺したのは、大庭を通じて知ることになった、父の汚職。

二人は多くの案件で結託していた。

ただ、父が犯した罪はもはや、手を染めてきた年月も、その規模にしても、大庭とは比べ物にならない程、救いようのないものだった。

やがて、大庭が自分を起用した理由は、信用に足る協力者を得るためだったのだと察すると同時に、目黒の政治に対する理想は跡形もなく消えてしまう。

それは自分を形成してきたといっても過言ではない根幹の部分であり、目黒にとっては、すべてを失ったも同然だった。

情熱を失い、日に日に気力もなくし、目黒はそれから五年もの間、心を無にして働いた。

それに終わりを告げたのは、突如明るみに出た大庭の汚職事件。

目黒が濡れ衣を着るというシナリオが出来上がるまでは、驚く程、あっという間だった。

大庭は知らぬ存ぜぬを貫き通したものの結局失脚し、関係していたにも拘《かかわ》らず、無傷だったのは目黒の父のみ。

その事実が、父に対する不信感をさらに増幅させた。

突如、父を通じて目黒の前に現れた男から「とある人物の、今年九歳になる令嬢の教育と世話を頼みたい」というおかしな依頼をされたのは、無職の生活が半年続いた頃。

聞けば、目黒に娘の世話を頼みたい依頼主とは、政財界で多大な権力を持つ大物だという。

男はその人物の秘書であり、請けるまでは正体をいっさい明かせないとのことだったが、政財界云々《うんぬん》というその肩書きだけで、目黒が嫌悪するには十分だった。

「私に頼む理由は、私が目黒憲章の息子で、いくらでも弱みを握って口をふさげるからでしょうか」

なにも聞かず断ることもできたのに、わざわざそんな卑屈な質問を投げたのは、どうせまた自分を利用する気だろうという不快感から。

しかし、秘書は顔色ひとつ変えず、首を横に振った。

「過去のことに関しては、我々は事実を存じております。警戒されるのは尤《もっと》もですが、ただ、我々の主人は小物一人犠牲にせずとも、少々の問題ならばどうにでもできる力を持っていますので心配には及びません。ただ純粋に、忠実であり、知識と教養があり、世の中の仕組みをよく知っていて、いざというときは令嬢を守ることができる優秀な人間を探した結果、目黒さんに行きつきました」

落ち着き払った態度で口にした、「少々の問題ならばどうにでもできる」という言葉が、なんだか物騒に響いた。

依頼主は、自分が思う以上の権力者かもしれないと、目黒は思う。

ただ、だからといって、気持ちが揺らぐことはなかった。

「依頼主がどなたであっても、ご令嬢の世話なんてできませんよ。子供の相手なんてしたこともないですし、そもそも苦手ですから務まりません」

「務まるかどうかは、我々は目黒さんのデータから判断しています。そして、令嬢は現在八歳ではありますが、子供向けの対応は必要ありません」

「は……？」

「お会いになれば、ご理解いただけるかと」

目黒には、秘書の言葉の意味がよくわからなかった。

ただ、今聞いたところでどうせ理解できる気がせず、そもそも請ける気もないのだからと、それ以上なにも尋ねなかった。

秘書は、とくに強く説得することもなく、とりあえず一週間考えてくださいと言いながら、封筒を一枚差し出し目黒の許《もと》を去っていく。

一人になった目黒が封筒を開けてみると、入っていたのは雇用条件の提示書。

まず驚いたのは、そこに記されていたとんでもない報酬額。

請けた場合、表向きの肩書きは、依頼主の秘書となるらしい。しかし、業務内容は、さっき聞いた通りに令嬢の教育と世話。

言ってしまえば家庭教師兼ベビーシッターのようなものだが、それにしては、契約時に締結予定となっている、いわゆる秘密保持を目的とした条項が驚く程多い。

さらに、別紙には、働く上での条件がずらりと箇条書きされていた。

それによれば、令嬢が住む邸宅の敷地内にある専用の住居に住む必要があり、行動履歴はすべて報告する必要があるらしい。

まるで殺し屋にでも狙われているかのような徹底した情報管理だと、目黒は思わず鼻で笑う。

しかし、それだけ徹底的に守られた娘とはどんなものかと、徐々に興味が湧きはじめていた。

おそらく傲慢《ごうまん》で扱い辛《づら》いに違いないと、しかし誰もそれを咎《とが》められないのだろうと、八歳の少女を取り巻く小さな独裁社会を想像し、思わず嫌な笑いが零《こぼ》れる。

ふと、それが崩れる瞬間を見てみたいという卑屈な思いが浮かんだ。

秘書は、この役割に目黒を選んだ理由のひとつとして、「世の中の仕組みをよく知っていること」と言った。

しかし、目黒が嫌という程突きつけられた世の中の現実とは、どれも腐りきったものだった。

ならば、望みの通りに、過剰に守られた八歳の箱入り娘に現実を教えてやろうと、歪《ゆが》んだ気持ちが込み上げてくる。

それは、同時に、自分という人間は長い年月をかけてすっかり腐敗してしまい、もう永遠に救われることはないのだろうと自覚した瞬間でもあった。

依頼主と面会をしたのは、一ヶ月後のこと。この仕事を請けると返事をするや否や、最速で三週間後の午後に五分だけ時間を作れると秘書は言った。

大切な娘を預ける相手との面会がたった五分でいいのかと一応聞いてみると、「目黒さんのことはすべて把握していますので」という答えが返ってきて、さすがの目黒も背筋がゾクッと冷えた。

そして、ようやく面会が叶《かな》ったものの、依頼主の正体は、目黒の想像をゆうに超える超大物だった。

五分の間に会話という会話はなく、ただ三分半程じっと見つめられ、最後に「娘をよろしく」と、一方的に声をかけられて終わった。

目黒にとってその三分半は、経験したことがないくらいの圧に呑《の》まれ、一時間にも二時間にも感じられた。

子供の頃から数々の権力者に会い、誰の前であろうと動揺することなんてないと自負していた目黒にとって、それは初めての経験だった。

面会の後の秘書の説明によれば、半年間の試用期間を経て正式に採用となった後は、秘書と同様の業務権限が与えられ、令嬢の要望を叶えるためならば、依頼主の持つすべてのネットワークを利用して良いとのこと。

サラリと言われたものの、依頼主の正体を知った後で聞いたその言葉には、いっそ、世の中のなにもかもを自由にしろと言われているくらいの重みがあった。

その後、目黒たちは都心からやや離れた令嬢の住む邸宅へ向かう。

道中、目黒の心には、軽い気持ちで請けるべきではなかったかもしれないという後悔が押し寄せていた。

ただ、もはや後に引けないことは明白であり、自分の仕事は所詮《しょせん》令嬢の世話なのだからと、――ただ勉強を教え、ほとんどのことが自由になるネットワークを使って我儘《わがまま》を叶えればよいのだからと、自分に言い聞かせた。

やがて到着した邸宅は、まるで城壁のような高い塀に囲われた、要塞《ようさい》を思わせる重厚感漂う外観だった。

広い庭の奥には大きな屋敷が見えるが、やけに無機質なデザインで、窓が少なく中の様子はまったくわからない。

「ここが、御夫人と御令嬢の沙良様がお住まいになっている邸宅です」

「お二人ですか？　御主人はこちらには？」

「月に一度はお見えになられます」

「……そうですか」

ことごとく自分の予想の斜め上をいく答えが返ってくることに、目黒は少し疲労感を覚えていた。

続けざまに驚かされたのは、挨拶《あいさつ》をするものとばかり思っていた夫人が旅行中で不在だったこと。

秘書が言うには、沙良の子育てに関する方針はすべて主人任せらしい。はっきりとは言わないが、その言い方には、夫人は娘に対してさほど執着がないというようなニュアンスがあった。

まだ八歳の娘を他人に任せて自分は旅行に行くくらいだから、少なくとも過保護ではないのだろう。

その上、多忙な父親は月に一度しか会いに来ないという。

もしかすると、沙良という娘は、自分が想像していた箱入りとは少し違うのではないかと、ふと疑問が浮かんだ。

それが正解であることを確信したのは、沙良に会う前に、前任からの繋《つな》ぎとして沙良に付いていた秘書から引き継ぎを受けたときのこと。

淡々と説明されたのは、まるで収監者の監視役のような業務内容だった。

まず、学校以外の外出は禁止。通学は送迎し、学校外で友人と会うことも禁止。会える人間は最小限に限られ、習い事はすべて講師が直接来訪するらしい。テレビやネットや雑誌も禁止で、必要なもの、欲しがるものはすべて悪影響がないかを精査した上で部屋に届けなければならないという。

それ以外にも数々の細かい注意事項があり、つまり、沙良が会う人間も、触れる情報も、すべてが完璧《かんぺき》に管理され、大幅に制限されていることになる。

目黒は、聞いているだけで息苦しさを覚えた。

ようやく引き継ぎを終えた目黒が最初に持ったのは、これは箱入りというよりほぼ軟禁だという感想。

他人の子育てをとやかく言う趣味はないが、いくらなんでも異常だと思わざるを得なかった。

そして、嫌な予感ばかりがみるみる膨らんでいく中、目黒はようやく沙良の部屋に通される。

三階の南側にある沙良の部屋はとても広く、戸を開けるやいなや、最初に目を引いたのは大きなグランドピアノ。

しかし、それ以外に目立つものはなく、部屋の中は驚く程ガランとしていた。

なにもかもを部屋に運ばせるという話だったのにと疑問を覚えながら、目黒は秘書に促されるまま中へと足を踏み入れる。——そして。

「あちらが、沙良様です」

窓辺に座る少女を見た瞬間、目黒は、一瞬呼吸を忘れた。

というのも、そこにいたのは、まるでビスクドールのような少女だった。

それは、それくらいに美しかったという意味もあるが、それだけではない。

透明な肌、そして色素の薄い髪に驚く程大きな瞳《ひとみ》と、どこをとっても愛らしい見た目に反し、沙良からは、血が通っていることが信じられないくらいに、——いっそ、ただの人形だと言われた方が納得する程に生気を感じられなかった。

「沙良様、これからは、なんでもこちらの目黒にお申し付けください」

固まる目黒を他所《よそ》に、案内した秘書はそう言うと、あっさりとその場を後にする。

「待……」

相手はまだ八歳の子供だというのに、いきなり知らない大人と二人にされるなんて不安に違いないと咄嗟《とっさ》に秘書を呼び止めたものの、秘書はまるでなにも聞こえていないかのように視線ひとつくれなかった。

仕方なく、目黒は沙良に向き直る。

「……目黒です。これからよろしくお願いします」

覚悟を決めて挨拶をすると、沙良はガラス玉のような目で目黒をじっと見つめ、小さく頷《うなず》いた。そして。

「父から派遣された目黒さんですね。ご苦労様です」

大人さながらの落ち着いた態度で、そう口にした。

その瞬間、目黒は理解した。

この子にとっては、あまりにも過剰に制限された狭い世界がすべてであり、比較対象も存在しないぶん、疑問も持たずにただ受け入れているのだと。

ここへ来る前は、子供の我儘をひたすら聞くなんてどれだけ忍耐力が試されるだろうかと少しうんざりしていたけれど、そんな心配がないことは、無機質な部屋と感情の見えない沙良から一目瞭然《いちもくりょうぜん》だった。

こうして目黒は沙良の世話役となったが、知れば知る程、沙良はあまりにも子供らしくない子供だった。

口数は少なく、目黒に対してなにかを要望することも、手を煩わされるようなこともほとんどなかった。

平日はもはや作業のように学校への送り迎えをし、邸宅に戻れば勉強を教えるのみ。

控えめに言って、とても楽な仕事だった。

ただ、時折、無性に不安になる瞬間があった。

人形のような沙良を見ていると、本当にこれでよいのかと、なにかが大きく間違っているのではないかと、焦りに似た気持ちに駆られる。

とはいえ、それを解消する方法なんて、ただの世話役である目黒にあるはずがなかった。

そして、そんな日々を過ごすこと三ヶ月。

沙良の様子は相変わらずだったけれど、毎日一番近くで過ごす中で、目黒には気付いたことがあった。

それは、ピアノを弾いているときの沙良は、唯一、楽しげであるということ。

沙良は数々の習い事をしていたけれど、ピアノの日だけは朝から少しだけソワソワしているように見えた。

月に一度しかない父親に会える日ですらそんな様子を見せないというのに、それはある意味わかりやすい反応だった。

「――そういえば、今日はピアノの日ですね」

初めて普通に語りかけたのは、そんななにげないひと言。

ピアノの講師が来る二時間も前からチラチラと時計を気にする沙良を見て、思わず口にしていた。

沙良は目黒をじっと見つめ、少し戸惑ったように頷く。そして。

「……はい」

とても控え目に、微笑んでみせた。

目黒は一瞬、言葉を失う。

初めて自分に向けられた笑みが、なぜだか自嘲《じちょう》的に感じられたからだ。

その瞬間、沙良はなんの文句も言わずにこの環境を淡々と受け入れているように見えて、——本当は不自然であることを知っているのではないかと、ふと思う。望めばすべてが与えられる中で、自由だけが極端に制限されたこの日々を。

そんなのは勝手な妄想だと考える冷静な自分もいながら、目黒には、唐突に生まれた心のざわめきを止められなかった。

ただ、たとえそうだったとしても、目黒が沙良にしてやれることはなにもない。

「……先生がいらっしゃったら、すぐにお部屋にご案内します」

結局、いつも通りの言葉を口にし、目黒は部屋を後にした。

しかし。——その日をキッカケに、目黒の中に小さな変化が起こる。

沙良が見せたたった一度の微笑みは、目黒の中での沙良という存在を、人形から人へと変えた。

それは、ある意味、目の前で繰り広げられている現実は異常であると、我に返った瞬間でもあった。

それ以来、目黒は少しずつ沙良へ声を掛けるようになった。

最初こそ少し戸惑っているように見えた沙良も、徐々に目黒に笑顔を見せるようになり、次第に会話も増えていく。

たまにやってくる他の秘書たちは、それをとても珍しいことだと驚き、主人もまた、そんな目黒を高く評価した。

目黒はただ光栄ですと答えながらも、この人たちは全員普通の概念が狂ってしまっているのだと、少し冷めた目で見ていた。


「――寄り道しますか」

唐突にそんな提案をしたのは、それからさらに三ヶ月が経った、学校帰り。

よほど予想外だったのだろう、沙良は目を丸くして驚く。

けれど、それはただの気まぐれでも、思い付きでもなかった。

「私は先週で試用期間を終えました。同時に、邸宅への秘書たちの出入りが極端に減りましたので、おそらく私の勤務態度に問題がなく、監視の必要がなくなったという意味だと考えられます」

「あ、あの」

「ですので、提案させていただきました」

「寄り道、とは……、どこに……」

沙良は珍しく動揺していた。

けれど、半年間沙良を見てきた目黒は、その目の奥にある小さな好奇心を見逃さなかった。

「そうですね。……キリン、見たことあります？」

「え……？　あの、首の長い」

「はい」

「サバンナにいるの、では……」

「動物園にいますよ。……見たいですか？」

「…………」

「それともまっすぐ帰りたいですか？」

少し意地の悪い問いの答えを待たず、目黒は車を発進させる。

向かったのは、上野《うえの》動物園。

道中、沙良はなにも聞かなかったけれど、ルームミラーで確認した表情は、まるでピアノの講師を待つときのように高揚して見えた。

正直、バレたらクビどころか最悪の場合は誘拐犯とされかねず、主人によって考えられる限りの重罪に仕立て上げられ、二度と社会復帰できなくなる可能性だって十分にある。

それがわかっていながら、なぜ自分がこんなことをしているのかは、よくわからなかった。

ただ、沙良は人形ではなく人なのだとはっきり認識した日から、目黒は、心のどこかでいつかこうすることを望んでいたような気がしていた。

救ってやりたいとか、笑わせてみたいとか、そういう生ぬるい善意では決してなく、もしかすると、光の宿っていない沙良の目を見ながら、心を無にして働いていた頃の自分自身を重ねてしまっていたのかもしれない。

やがて動物園の駐車場に着くと、目黒は車を降り、後部シートのドアを開けて手を差し出した。

「さあ、どうしますか？」

沙良はしばらく無言のまま、目黒をじっと見つめる。——そして。

「あの」

「はい」

「どうして、キリンなんですか？」

小さな声で、そう尋ねた。

そこを問われるとは思いもせず、目黒はつい笑う。

「沙良様のお部屋には余計なものがなにもありませんが、唯一、ピアノの上にキリンの置物があったので、お好きかと」

「……それだけ、ですか」

「ええ。もしかすると、今日を境にキリンの隣にパンダが増えるかもしれませんが」

「………」

ほんの一瞬、沙良の目が輝いた気がした。しかし。

「……私がその誘いに乗ってしまえば、あなたは父に罰せられます」

少し不安げに、そう呟《つぶや》く。

こんなに幼いのにそんなことまで考えているのかと、目黒は面食らった。

ただ、改めて考えてみれば、目黒の前任の世話役についての情報は、不自然な程にない。

目黒が来るまでの間、繋《つな》ぎとして主人の秘書が付いていたことを考えると、前任は後任への引き継ぎ期間も設けない程に急な退職だったことになる。

ふと、物騒な想像が浮かび、額に嫌な汗が滲《にじ》んだ。

すると、そんな目黒の心の機微を感じ取ったのか、沙良が視線を落とした。

「もしこれが父に伝わり、あなたがいなくなるのなら、私は行きません」

沙良はおそらく、自分の行動が父に与える影響をよくわかっているのだろう。

その気遣いが、逆に目黒の気持ちを落ち着かせた。

「大丈夫ですよ。私は、そんなヘマはしません」

「……でも」

「絶対に。私は、隠し事のプロですから」

言いながら、数々の汚職を隠蔽《いんぺい》し続けた過去を思い出し、ずいぶん自虐的な言葉だと思った。

けれど、そんなことを知るよしもない沙良は、瞳《ひとみ》を揺らす。

「……本当、ですか？」

「ええ。沙良様がバラさなければね」

その瞬間、沙良の表情がふわりとほころんだ。

そんな、初めて見せた表情に驚いていると、沙良はわずかな戸惑いを残しながらも、ゆっくりと手を差し出す。そして。

「見せてください。キリン」

聞いたことがないくらいの明るい声で、そう言った。

「ええ。もちろんです」

目黒はその手を強く握る。

それは、初めて二人だけの秘密が生まれた瞬間だった。

そのときの目黒は、今後十年以上にわたってたくさんの秘密を増やしていくことなんて、想像もしていない。

キリンの前で子供らしく目を輝かせる沙良の姿に、ただただ満足していた。

それからも、目黒は沙良をさまざまな場所に連れ出した。

とりかごの鳥のように育てられていた沙良は知らないことがあまりに多く、水族館や植物園はもちろん、ただの公園の花にすら、とても新鮮な反応を見せた。

次第に沙良は目黒に心を許すようになり、少しずつ自分のことを語るようになる。

ただ、その内容は微笑ましいものばかりではなかった。

印象的だったのは、母をとても愛しているが、母がなにより大切なのは父なのだという言葉。

確かにそれは誰から見ても一目瞭然《いちもくりようぜん》な事実だったけれど、子供が自ら語るにはあまりに辛辣《しんらつ》な内容だった。

目黒は、沙良が抱えるそんな心の闇に触れるたび、沙良が興味を惹《ひ》かれるようなものを探し、外の世界に連れ出した。

もちろん絶対にバレないようにと慎重に計画し、報告すべき学校での予定を改竄《かいざん》するため、教員の買収すら躊躇《ためら》わなかった。

結果、沙良に懐かれている目黒の信頼の厚さも助けてか、秘密が主人の耳に入ることがないまま時は流れ、——八年。

突如、取り巻く環境に大きく変化が起こったのは、沙良が十七歳を迎える頃。

もっとも大きな変化のひとつは、沙良の父親が邸宅を訪ねる頻度が、驚くほどに減ったこと。

報告される理由は「多忙により」。しかし、それはあくまで表向きなものであり、実は主人には新しい愛人ができ、いずれは離婚も視野に入れているようだという噂は、もはや沙良にも隠しきれない程に広がっていた。

　しかし、それを知っても、沙良は顔色ひとつ変えなかった。

「――むしろ、本人に隠す気はないのでしょう。……父は仕事に対しては完璧《かんぺき》ですが、若い頃から恋多き男なのだそうです。母との結婚も四度目ですから、いつかこんな日が来ることを、私はもちろん、誰もが予想していたと思います」

　淡々とそう口にする姿に、むしろ目黒が困惑した。

「沙良様は、大丈夫ですか？」

「ええ、私は。心配なのは、母です」

　沙良の心配の通り、もっとも大きなダメージを受けていたのは夫人だった。すっかり元気をなくし、一日のほとんどを部屋に籠《こも》るようになった。

　沙良から「母がなにより大切なのは父」だと聞いてはいたが、目黒はそのとき、それが事実だったことを初めて目の当たりにした。

　というのも、夫人は傍《はた》から見る限り奔放であり、ほとんど会えない夫に執着しているようには思えなかったからだ。

　しかし、現に夫人はすっかり病んでしまった。

たとえ離婚したとしても、一生楽に暮らせるくらいの慰謝料を手にすることは必至だが、その病み様が、金銭の問題ではないことを物語っていた。

一方、沙良は相変わらず弱気な態度は見せず、いつも気丈に夫人に寄り添っていた。いつかこんな日がくることを予想していたという言葉の通り、もはや覚悟ができていたのだろう。

そのことに関しては、周囲もほっとしていた。

ただ、いつも沙良の傍にいた目黒は、どんなに冷静に見えても瞳の奥に年相応の感情が宿っていることを知っていたし、沙良が気丈に振る舞うたび、心の奥に鈍い痛みを覚えていた。

そんなある日の夜。

「少し、いいですか」

仕事を終えて自室へ戻ろうとした目黒を、ふいに沙良が呼び止めた。

そんなことは滅多になく、目黒は不思議に思いながらも頷《うなず》く。

すると、沙良は窓辺に腰を下ろし、感情の読めない表情で目黒を見上げた。そして。

「……キリンを見せてくれませんか」

「は……？」

あまりに唐突な言葉に、目黒は目を見開く。

見れば、沙良の手にはいつもピアノの上に飾ってあるキリンの置物が握られていた。

目黒と沙良の間で、キリンはとても深い意味を持つ。

初めて秘密を抱えた日に二人でキリンを見たこともあり、ある意味、約束の象徴のような存在だった。

沙良は、言葉の意図を量りかねている目黒を他所《よそ》に、さらに言葉を続ける。

「あと、パンダやフクロウも。そして、白イルカやペンギンも。……できれば下校中の束《つか》の間の時間ではなく、一日かけて」

「沙良様。それは、どういう」

「目黒。私はもう、隠さずとも自由に外出ができるようです」

ふいに沙良が浮かべた笑みに、心を切り裂かれるかのような痛みが走った。

そして、目黒は理解していた。

これは、わかり辛《づら》くも、沙良の泣き言なのだと。

目黒がどう返すべきか迷っていると、沙良は小さく溜《た》め息をつく。

「思えば、まず無理だと思っていた音大への受験が許されたときから、違和感を覚えていました。……世の中には私にとっての害しかないと考える父が、ほとんど悩みもせずに許可してくれましたから」

「沙良様」

「大丈夫です。あの日、もし目黒が私に外の世界を教えてくれなかったなら、今回のことは私にとって世界の終わりを意味し、絶望していたでしょう。もしかすると、永遠にこの部屋から動けずにいたかもしれません。……ですが、あなたのお陰で、私には選択肢があります」

驚く程、前向きな言葉だった。

けれど、その声は、かすかに震えていた。

これはきっと本音ではないと、目黒は思う。本当は、とても苦しい葛藤《かっとう》を抱え、今にも心を壊されそうなギリギリのところで耐えているのだと。

目黒は沙良の前で腰をかがめ、その手からキリンの置物をするりと抜き取る。

「……いいですよ。そういうことならいっそ、お父様の目を気にせず、動物園ごと貸し切っても」

「それは、父に対する嫌みみたいで」

「嫌みのひとつやふたつ、許されるお立場では」

いたって真剣な言葉だったけれど、沙良は小さく笑った。

同時に、大きな瞳から一筋の涙が零《こぼ》れる。

その瞬間、沙良の心に走る無数の傷が透けて見えた気がした。

思わず肩にそっと触れると、沙良は自分が泣いていることに気付かなかったのか、戸惑った様子で涙を拭《ぬぐ》う。そして。

「……目黒。私はきっと、これからは失っていく一方なのでしょうね。なにもかも、……父からの関心と同様に」

さっきとは違う、強がりのないストレートな弱音が目黒の胸に刺さった。

いつも気丈な沙良が不器用に求めた救いの手はあまりにも切なく、目黒には、それを取らない選択肢などなかった。

「沙良様。お父様の娘として生まれたことで得たものは、もしかすると、これから多少は失われていくかもしれません。しかし、あなたがこれから得る自由には、それらを手放しても惜しくない程の大きな価値があります」

思い返してみれば、目黒が沙良に対して個人的な考えを口にしたことは、一度もない。けれど、そのときの目黒は、どうしても伝えなければならないような、衝動に突き動かされていた。

そんな思いが伝わっているのか、沙良もまた、いつものように感情を抑え込むことをせず、縋《すが》るような目で見つめる。

「ですが……、本当は、私は少し怖いのです。私にとって自由とはあまりにも未知で、解放と言えば聞こえはいいですが、むしろ孤独や喪失と意味が近いように思えて」

「今この状況が、そう思わせるだけです。少なくとも、沙良様は孤独ではありません」

「そうでしょうか……。失っていく未来しか見えないのに……」

「正直、人から与えられたものはいつ失うかわかりませんし、それをこちらでコントロールすることはできません。ですが、自分で手にしたものならば、主導権はあなたにあります。……自由の中にはむしろ、後者しかありませんよ」

沙良の瞳《ひとみ》が、ふいに光を宿した。

けれど、その光にもすぐに影が差す。

「なら、父から与えられた目黒も、いつか取り上げられてしまうのかもしれませんね。私はあと数年で成人しますし、十分にあり得る話です。もしそうなったら、私——」

「私の主人は、沙良様ですよ」

それは、なかば衝動的に口を衝《つ》いて出た言葉だった。

けれど、言った後で、まさにその通りだと自分自身で納得していた。

目黒は、珍しく弱々しい沙良をまっすぐに見つめる。

「私はそもそも沙良様の世話役として雇われていますから。昔から、主人は沙良様だと思っています」

「……私が世間知らずだからって、適当なことを言わないでください。……たとえ主人が私であっても、雇用主は父でしょう」

「ええ。つまり、私はお父様の所有物ではなくただの雇用関係ですから、契約解除という選択肢があります。そうなったときは、この家で雇っていただければと」

ふいに、沙良が目を見開いた。

「……そんなことが父の耳に入ったら」

「大丈夫です。——沙良様がバラさなければね」

ふと、何年も前に交わした、よく似た会話が頭に蘇《よみがえ》る。

目黒はふと、あのときの自分もこんな気持ちだったかもしれないと、懐かしく思い出した。

　沙良は目黒をじっと見つめ返す。そして。

「ですが、そうなると私と目黒だって雇用関係でしょう……？　目黒にだって自由を選ぶ権利がありますし、いつかは……」

　それは、いつになく、我儘《わがまま》を言う子供のような口調だった。

　否定して欲しいという思いが全身から滲《にじ》み出ていて、ポーカーフェイスは得意なくせにと思いながら、目黒はつい笑う。

「確かに雇用関係ですが、……それだけでもないかと」

「え……？」

「我々は、秘密の共有者です」

　ふたたびキリンの置物を差し出すと、沙良はそれを受け取り、両手でぎゅっと握りしめた。

「……その関係には、解除はありませんか」

「ありません」

「……なら」

「はい。いつまでもお供します。沙良様は自由な世界で好きなように生き、あなただけのかけがえのないものを、たくさん手にしてください」

　目に涙を溜《た》めて頷《うなず》く沙良を見ながら、目黒は、自分が自覚していた以上に沙良を大切に思っていることを実感した。

ただ、目黒は、その感情の正体を表す言葉を知らない。

それは、突如とりかごの戸を開け放たれてしまった沙良の支えになりたいという、いたってシンプルな思いだけで成り立っている。

けれど、目黒にとって、沙良の傍にいる理由としてはそれで十分だった。

＊

「──おかえりなさい」

丸の内では異質な古いビルの近くに車を止め、中から出てきた沙良に声をかけると、沙良はあからさまに不満げな表情を浮かべた。

「……目黒。今日は迎えはいらないと言ったはずです」

確かに、今日の昼頃、沙良からその旨が書かれたメールが届いている。

目黒は車を降りて後部ドアを開け、沙良を中へ促しながら、小さく微笑んだ。

「退屈でしたので」

「……またそんな嘘を」

そう言いながらも、沙良は可笑《おか》しそうに笑う。

沙良が丸の内の「第六リサーチ」に勤めるようになってはや一ヶ月。ずいぶん笑うようになったものだと目黒はしみじみ思った。

そして、どうやらその理由には、沙良が〝澪先輩〟と呼ぶ社員が大きく影響しているらしい。

「今日は、澪先輩が勧めてくださったUSB暖房スリッパを買いに行こうと思っていたのに」

「暖房スリッパ？　オフィス用ですか？」

「ええ。オフィスの暖房は頼りなく、冬場の防寒対策は必須《ひっす》だとおっしゃっていて。真冬は五分で足の指先が機能しなくなるという恐ろしい話を聞きました」

「…………」

入社以来、こんな報告がたびたびあり、ガランとしていた沙良の部屋にはたちまち物が増えた。

正直、そのほとんどが沙良には不要に見えたけれど、本人が満足ならばと、目黒は静観している。

「人によるとは思いますが、ともかく、それは後ほど私が購入してお届けします」

「……それでは駄目です。驚く程種類が豊富にあり、色も機能も様々あると聞きましたし、自分でゆっくり好きなものを選びたいので」

「なるほど」

沙良がなにげなく口にしたその言葉に、目黒はふと、感慨深さを覚えた。

頭を過《よぎ》ったのは、目黒の雇い主である沙良の父親に愛人ができた当時のこと。自分への興味が薄れ、はからずも自由を手に入れてしまったときの不安げな様子は、今でもはっきりと思い出せる。

結局、あの後も、父親の沙良に対する愛情は、彼女が心配していた程失われることはなく、なにもかもを取り上げられるような展開にはならなかった。

けれど、沙良はあの日以来、いつか自立をと目標を掲げ、世間知らずなりに必死に努力をし、数々の挫折《ざせつ》や迷走を繰り返しながらも今や社会に足を踏み入れている。

沙良は、今後起こるであろう両親の離婚成立や、父と愛人との間に子供ができるなどの節目にいちいち怯《おび》える必要がないよう、自分の環境を整えたいと話していた。

所詮《しょせん》恵まれた環境の中での出来事であり、他人の目には滑稽《こっけい》に映るかもしれないが、目黒はどんなことがあってもその思いを支持すると決めている。

たとえ、見付けてきた就職先が、聞いたこともない怪しい業務内容であろうとも。

「――ここ最近というもの、ご自分で選び取ってばかりでしたよ。こちらがハラハラする程に」

考えていたことが思わず口から零《こぼ》れてしまい、沙良がルームミラー越しに首をかしげる。

「なんの話ですか？」

「……いえ。では、少し郊外の雑貨店に寄りますので、ゆっくりお選びください。それでよろしいですか？」

「ええ。……ありがとう」

「なんなりと」

やがて、目黒は沙良の邸宅に程近い雑貨店の前で車を止め、沙良を降ろす。

そして、店へと入っていく後ろ姿を目で追いながら、シートに背中を預けた。

ふと視線を上げると、助手席のバイザーに下げられた、車内の雰囲気にそぐわないキリンのマスコットが目に留まる。

それは、まだ小学生だった沙良が動物園で見付け、車にもキリンを置きたいと言って買ったものだ。

原形がない程デフォルメされ、ずいぶん間抜けな顔をしているけれど、それを見るたび、目黒の心は初めて約束を交わした頃に戻り、とりかごに手を差し伸べたときの気持ちが鮮やかに蘇ってくる。

「あなたのためならなんでもしますよ。——どんなことでも」

記憶に押し出されるように零れた呟《つぶや》きが、静かな車の中に小さく響いた。

本書は書き下ろしです。
この作品はフィクションです。実在の人物、団体等とは一切関係ありません。

丸《まる》の内《うち》で就職《しゆうしよく》したら、幽霊《ゆうれい》物件《ぶつけん》担当《たんとう》でした。11

竹村優希《たけむらゆき》

令和4年 1月25日　初版発行

発行者●青柳昌行

発行●株式会社KADOKAWA
〒102-8177　東京都千代田区富士見2-13-3
電話　0570-002-301（ナビダイヤル）

角川文庫 23009

印刷所●株式会社暁印刷
製本所●本間製本株式会社

表紙画●和田三造

ISBN 978-4-04-111314-1　C0193

◇◇◇